窓辺

秋野 一之

創英社／三省堂書店

目次

騒がし

教室は騒がしかった。先生が休んだためで、自習時間になると生徒が勝手にグループを作って、開放感に浸るのである。男生徒のほうが何かにつけ動作が大きく、はめをはずすのが習慣で、意気がって女生徒に誘い水を向けるのである。

「山谷、元気ないなあ」

ある生徒が言った。だがこれは教室内の空気を変えるには余りにも小さかった。仮に声が大きかったにしても、級友の関心を引かないのである。こうした中でどういう要因が教室内を一変させるかは、派手な女生徒の動きか、顔ききの男生徒がある娯楽に似せた集団行動を提案する場合だった。例としては討論会を開くとか、座席の組み替えである。

級長に運動部員の一人が、ハイキングの場所選定と当日のゲームについて、特別のホームルームを開こうと言い寄った。他の生徒が関心を示さないと、同じ仲間を呼びいれて再度級長に、自習をとり止めて会を開くよう、勉強嫌いな女生徒にも同調を求めて迫った。もともと勉強嫌いが多いので、まんざらでもない反応で、級長は担ぎ上げられてしまった。たまたま国語の時間はホームルーム教室であったので、クラスそのままで行われるために、こんな事態も起こりえた。

結局は級長が教員室へ行って許可を受け、クラス会がはじまったのである。喜んだのは運動部員に属する者だけではなかった。女生徒はもちろん、トップグループの生徒も賛成ではなかった割には興味を示した。

山谷久雄もそのグループに近かったので、成り行きまかせの態度であった。それに利己心が強かったので、級長がどんな集団行動に導くかはどうでもよかった。久雄に意見を求める者とてなかった。世話好きで生意気なのが先頭に立って意見を求めるので、彼はなおさらまともに問題に耳を傾けたくないのである。純真な少年の悩みの一つはそこにも巣をくっていた。大半の者がおもしろがる会合に、自分が溶け込めない理由だった。「僕は大人っぽいのだろうか」と思うとともに「お前は子供なんだ。子供だから解らんのだ」等の父がよく叱る文句がそれを追って浮かぶ。それで迷うのである。仲間の生徒もいるにはいるが、クラスの中で出来るか全校内で作られるグループに比べて、彼のはその比ではない。淡い仲間意識である。

臨時のホームルームはふざける生徒の土俵らしく、活発な発言があった。土曜日の放課後多摩川べりで、五月の春気分を遊技とともに愉しむものである。学校行事の遠足類ではないので、遠くへ足を運ぶ計画は無理とした。

久雄にとってハイキングも大して興味のある催しではない。まして多摩川での遊びなど、高校生の自分達には年齢不相応である。帰途は現地で散会するのが慣わしなので、勝手な行動をするにはもってこいである。そして行き過ぎた行動に出る者も例年ある。

「常田君、僕休もうかな」

「一日？」

「いや、その集まりにさ」

それとなく近くの生徒に言ってみた。女生徒は久雄の顔をのぞいてにやりとしたが、彼に話してはこなかった。他の者に口出しするほうが気楽なのだろう。彼はそのほうが良かった。いやに高校生ぶったりする女生徒は本当に好かないのである。少し利口な女の子が久雄に注目するのには、異性の動揺を感じた。すると昨年の春や秋にハイキング、運動会でやや器量のいい女生徒が、はにかんだかと思うとわんぱく顔で大きな口を広げて叫んだりで、まったくもって異性の醜さを知らされた不快さが甦るのだった。

それでも彼女達の中にはきっと地味ながら、高校生相応のやや大人びた生徒がいるのを心の窓でとらえるのである。現在のクラスにもそんなタイプの生徒はいた。往々にしてそんな生徒は成績がよかった。だから集会などで会う同タイプの女生徒には、似た感情で遠くから関心を持つのである。

クラスのその女生徒が自分の言葉を聞いてるのは承知だった。相手が無関心を装うので黙認していた。内心ハイキングに参加すれば、その人故に楽しみその人によって半日を意義あらしめるのが想像されて、情けなくもなった。どうせ行かないのだから、なるべく情景を想像しないよう邪心を戒めた。押さえるほどくすぶるのが胸の内であるのを自覚するため、別の女生徒に目を遣ることにした。男でも女でもよかった。しかし頭の中はもやもやして隣りの家にいるデザイナーがちらつくのである。自分の目が輝いているのを、誰かに勘付かれるのを恐れて周囲を見回した。そんな時に限って髪型をくずしたお下げ髪の正面になったりするのだった。「あいつは僕が以前から心を配っていると思っているのだ。何て厭な奴なんだろう。男生徒をどう思ってるんだ」久雄はその子がみだらに思えてならないのである。それを避けると今度は煙草を吸って痛い懲罰をうけた男生徒に視線が合っている。その生徒は行儀の悪さから自然とこちらを向いているのだ。原因はその生徒にある。それにしても先方は不良びた軽蔑の笑みで露骨である。小心者の生徒を馬鹿扱いにしているつもりらしい。久雄はすぐに会の議長役の顔に向きをかえた。

気楽なホームルーム集会は戯れに終わった。それでも年齢相応の社会性への段階ではある。クラスの者は選択科目で分散されると、級友を考えたくなるらしい。

「お前来いよ」おどけ気味の男生徒が、久雄の肩をたたいて廊下を駈けていった。

四時限の授業は理科だった。生物の教室には物理が嫌いと言うべきか、数理に弱い生徒が比較的多いのである。しかし皆利口そうな顔で教師を待っていた。女生徒も多かった。久雄も片隅に席をとった。毎回違うのであるが、自然と生徒の性格が現れていた。実験もなく面白味は化学に比べ劣っているので五月ともなれば居眠りする者の多い授業だった。教師が入室する前からそのムードになるのである。久雄はまず目を閉じて頭を空っぽにしていた。すると全身がだるくなった。生物の授業はもともとどうでも良かったので、安心しきっていて気だるかった。体つきが華奢で虚弱体質なのは自覚している。いろんな障害に立ち向かう意欲に欠ける彼であるが、先生が教壇に上がるまでには体調を整えようとした。

テキストを机の上に置き筆入れもカバンから出し終えた。先ほどの一呼吸に続く力のぬけた姿勢も効果はなく、めまいが始まった。いつものことが近いと再び廊下へ、冷えた空気を吸うために抜け出た。涼しい風が隅の開いた出入り口から久雄の喉奥まで、清涼な流れとなって触れる感触に、彼は現実離れの快感を得た。即座には治らないのでしばらくそこに居るつもりで、平常心で手洗い場へゆっくり歩いていると他教科の先生に出会った。当然一生徒には注意もせず行き違いとなった。

そこには誰もいなかった。始業ベルが鳴った後だ。頭を冷やすのと気分の回復のためなので、蛇口をひねって手に溜め額に当てたりしていた。めまいのため真夏に級友を煩わすのは多々あったが、未だ教室内の授業を中止させたりの例はないので、早く戻りたくはなかった。でも授業を休むつもりもないのでそのまま居続けようともしなかった。幸い生物の教室には先生が遅れたので、この日はチェックの訂正も受けずにすんだ。気分の悪い日はいつも帰りが待ち遠しい。これまでそんな日のめだつ生活であるが、当日に悠然と構えている度胸造りには及ばなかった。漠然と異性の生理について聞いてはいたが、彼女らは偉いと思っている。

都会に住み正常な家庭にありながら、男女の体質での示唆は家庭内ではなかった。両親も男二人の兄弟は育つにまかせていた。山谷家が教育に無関心である訳ではない。二人の息子がクラスでは上位の成績にあって、取り立てて子供の尻をたたく必要がなかっただけである。

「久雄またかい」

「うん」

親子の会話はこんな程度ですむのである。それに教室でめまいがしたからって、久雄と家庭には驚く事態でもなかった。

「兄さん顔が蒼いなあ。かなりひどいんじゃない？」

「なんともない」

「でも随分悪くなってるみたいだ」

ステテコにしている最近の兄は肢体がいかにも弱々しく、スタンドの蛍光反射で兄が消されてしまいかねなかった。弟は同情して接しているのである。久雄にすればそれに気がひけ怖かった。頭の良さもあったが、弟にはどこか兄を見透かす後ろめたさを感ずるのである。

「お前、寝ないのかい。ぼくは寝る。いつもと変わらんが、やっぱり体がだるい。こっちのスタンドも使っていいよ。近眼はみっともない。格好はいいが秀才じゃないからな」

夏布団ではなかったが、その上に脚をそろえて横になると腰が痛み、息苦しい呼吸をした。敢えて隠さないつもりで弟の心配を軽くしようとしたけれど、わざとらしいので台所へ逃げた。

コップ一杯の水を喉に注いだが半分も飲めなかった。結局爪先に布団を掛けただけで「寝るよ」弟に言い残した。

案外めまいがした日は無理をしないせいか、眠れるのである。弟が自分の体具合を考え黙って勉強しているふうなので、反対側に膝を縮めると血行がよくなるようだった。理屈よりも一時の安定を工夫するのが先だった。

次の日にほぼ完全に回復し授業は普通に受けられた。これはいつもの行動である。病気であるよりも素人の判断になるが、体質のもたらす障害である。専門医に診察を請うまでもないと両親は放置しており、久雄自身も生来の虚弱性とあきらめていた。

身体や才能に左右されずに多くの高校生は大学へ進学するので、久雄も別段その点は心配していない。能力の限界までは頑張ってみたいが、めまいが起こるたびにやや気にはなった。肉体的な理由からいざとなるとふん張りがきかないのは自覚していて、それを素直に承伏できるのである。ある種あきらめの心が定着しつつあった。父親は労働者でそれこそ毎日定刻に玄関を後にし、残業がない限りいつも早く、それもきまった時刻に帰る、機械工場のいわば職人であった。会社組織の中にいるので月給取りであるまでであった。この父が忠告する進学問題は「親より偉くなれ」だけである。久雄はそれなので父親が好きになれた。良家の息子が「〇〇校でなくては駄目だって怒るんで困ってる」と自慢ぶる生徒には「お前も同じだよ」と言いたかった。かわいそうにも添えて軽蔑したくなった。そんなに無駄骨折らなくてもと。

久雄は気楽だった。出世の必要はなかった。弟の良二にこそ頼りたがっている様子だからである。父の判断は甘いが、それでも自分を老後の支えとするよりはましと見ている。母親は男兄弟に教育を施して、恥ずかしくない人物に育てようとの欲があった。それにしても女の望みはあくまでも、一家の中では淡い期待にすぎなかった。一般に父親の意図通りに事が進むのが通例らしいからだろう。

戦後練馬の田畑に家を構えた両親は、東北の土地代わりに分家として一家を構えた事情もあって、日増しに宅地と化する現今でも、この地に暮らすのを幸せの源としているのである。

彼ら兄弟の日常はとても開放されている。そんな男の子にとっては、家庭で母以外に女性と膝を交えないのは精神上の片輪であった。兄弟の寝起きから風呂にいたる四六時中が、男に接して生育してきているからである。数年前から一人で湯につかる生活にはなってるが、同時に母が二人を大人扱いにしている。世話を焼くのが減っているのである。

「久雄。熱くはないのかい」忘れかけていた母親の声に、彼は懐かしさと恥ずかしさが一緒になるのを覚えた。身を湯に隠れさすのと共鳴みたいな何かを抑えかねた。

「ちょうどだよ。どうしたの？　そこにいたんだ」

母は台所まで近寄って声をかけたがすぐに行ってしまった。自分の体調を気遣っているのは解っていた。母が子供扱いから離脱し始めているのを意識して「世話焼きのお馬鹿さんは同じさ」と呟いた。弟の次に湯船につかるのだが、別段弟の姿が浮かんだりはしなかった。良二少年も中学三年生になっていて、兄の背中を流しに来るのも過去のこととなっている。とっぷり身を湯船につけてしまうと、息苦しさも忘れて眠くなった。よく嗅いでみると家族の者全員の匂いが浴槽に染み、それぞれの姿が目に浮かぶのである。やはりめまいが原因しているらしい。

七分くらいつかるのが普通の久雄であるのに、その日は余分に入っていた。うっとり睡魔に瞬間とりつかれたりした。肩が右側に傾き水音がしたので夢からさめた。彼は野外で独り歩いていたのである。聴覚が皮膚より鋭いのだと感心した。上半身をゆっくり気だるく上げ、水滴が両腕を伝わり指先まで行ってしたたり落ちるのを、成るに任せて数分立っていた。良二がどこかで覗いてるようで台所の入り口と、外に通じるドアに注意した。弟から風呂場で全身を見られるのは、兄としてだらけに受け取られるのを心配するのだった。弟から兄の生理的変化を勘ぐられるのは、いずれの理由にせよ我慢ならなかった。形の上だけでも良二は久雄を尊敬している筈だからだった。

玄関口で足音がしたので父が帰ったのだと最後の湯につかった。

「久雄」

母がまた呼んだ。母が非常に自分の体に不安がっているのをすまなくなった。

疲れた返事でタオルに身を包んでいると、いかにも頼りない我が身に寂しくなった。頭のほかに自分の神経が働く付着物があるのを憎悪せざるを得なかった。信頼するにたりない土台骨が自分でもいやになる変化……少年期を早くも超える老化現象を想像させるのである。

すっかりぬぐった後、だるいので尻をおろして暫くすねと腕を同時に注視すると、それがどうしても醜いよそ者の一部に映るのである。

「久雄兄さん」今度は弟の合図である。あいつまでどうしたのだ。良二は最近進学の勉強よりも年上の者に興味を持ち始めたのか。内心つぶやきつつ衣服を着替えた。久雄の家庭では浴衣など着用しなかった。父ぐらいである。母は昼間被っているのをそのまま着るのである。久雄はここにも母の気遣いを感じていた。「母さんは娘を欲しがっているのではないか」。同じ感情は兄弟二人にもあった。

良二はまだ中学生なので異性に対しては非常に子供だった。年齢差は二つなので久雄との距離はそうないのである。久雄が弟から関心をもたれるのを嫌う原因だった。特に隣りのデザイナーが日増しに美しくなるものだから、弟の疑いは加速的だった。三つも年増しなのだから兄と結びつけて考えるのは想像をもて遊ぶ好奇心と想定はする。良二も正面から兄に語ったりはしない。それとなく皮肉っては結構満足しているきらいがあるのだ。

「お前はどうかしている。あの人を僕と関係づけてながめるのはよしな」彼から言うのも受験勉強で頭が敏感になっている弟を叱るのは、相手のプライドを傷つけ大人っぽくなりつつある行動に、害となる懸念があった。

「今日こそ注意しよう」

　土曜日で弟も平常より早く帰った夕方だった。予定の学習が終わると気分がよく、先に話したがるのもそうした時であった。チャンスを逃すといつになるかわからない。それに自分でも余裕のある状況下になければ糸口を失ってしまうので、夕食後を選んだ。彼ら二人の兄弟は学習と寝起きを共にしており、しかも同一の部屋である。都会ではまあまあの八帖間にいる。この規模は都会では充分だ。この配慮は田舎生活から抜けきらない父の考えによる。しかしせっかくの親心も、息子達の開放された憩いの場にはなれなかった。父母は彼らがどんな話に興じようと関与しないのだが、そのためにも兄弟は父母の噂をしたりはしなかった。

「良二、成増へ行かないか」

　兄が誘った。

「うん、いいよ」

　良二が兄よりは両親になついているので、二人が散歩するのを言付けした。兄にしても親子の間に溝みたいなのがある不信感はさらさら感じてはいない。親子に他人行儀が少しは生じるにしてもである。兄弟は区立の小中学校の回想を交わしながら、毎朝通る通路を歩いた。すぐ帰る予定だったので、繁華街に着いても舌がさびしいとか音楽を聞きたいはなかった。「どうする?」ひまつぶしの魔手を伸ばしたくはなった。

「どうせ来たんだから寄ってみよう」

「またジュース?」

「お前は何飲みたいんだ」

双方がだまった。久雄は弟が嘘をついているのはわかった。良二は頭が良い子である。それに兄思いである。高校生である自分が弟に合わせる言動は、慎しんでいるのである。兄の意識する点である。

「帰ろう。母さんが待っているよ。僕らは子供なんだ」弟の返事だった。

兄の決断力が鈍りかけるのを察し、静止したのである。久雄はそれに従った。リードする者の立場上つらかったがそれが無難である。毎日通う街路でぐれている少年と生徒の真似をするのは、余程の転機か気持ちの変化が必要だった。都立校の誇りがあった。道のどちら側に添っても食堂、レストランがあった。駅前のささやかな賑わいではあるが、兄弟にはそれなりの興味があった。勉強と少年の夢らしき希望が脈々としていなければ、どちらかが率先してドアを引いたであろう。

肩を並べて川越街道まで引き返していた。信号機が青に変わわのを待つ間にも、通常の決まった行動と享楽の狭間、自由になりそうでならない境地に苛まれた。良二は兄が誘うなら兄のためでいられるのでもあり、弟としてはいたって安心していられて爽快だった。自分の考えに神経を使う無用さと安易性の逃げ場になっている。

一続きの車列が途切れると街頭の乱反射はおわり、路上の輝きは勢いがなくなった。遠くの闇のみが深みをおびて、春との違いをくっきりと示してくれた。すぐ角を左にそれると目隠しされても家に着く道だった。凸凹して左右にくねってもいる変化が多いけれど、やさしい案内人でもある。兄弟にはバーの明かりも夜道を急ぐ人々の脚も穏やかであった。危害をくわえたりする相手ではないのである。かえって小学生ころにまだ住宅がまばらで夜になると寂しさが先に胸にこたえる、道端にある立木等の自然な姿がこわかった。久雄は人の恐ろしさもわかりかけていたが、良二はまだ自然の闇にこそ緊張させられるのである。

山谷家は付近にある塀こそあるが地所いっぱいに建てられた、そうした家々よりはましで、古くても一軒の家らしい余裕があった。息子達がもどっても体が擦れ合う狭さではないのである。庭で一息つく空間と環境があって、ただ一人の女性である母親がそこで花壇を手入れしたりしているのである。そのことは兄弟にも心のゆとりとなっていた。

「久雄、水を撒かないか。ごみっぽいよ」

「そうだね。いい天気だからそれがいいよ」

すぐに玄関横に引いてある水道の栓をひねると、常備してあるバケツに落ちる音がした。

「帰っていたんだ」母が再確認する声はその音でかき消された。

「ジョウロはない？」

「手でやりたいのさ」

「夏でもないのにな」

言い合ううちに水が運ばれ花の根に撒かれた。良二は先に言われていたので現場に来たが、自分ながらも幼い時分の遊びがまだ体の片隅に残っているのを感じた。

近所の人達は屋内に納まっており、兄弟のおしゃべりだけが軒下に響いた。今年はどんな新しいのが咲くか、庭が広ければ自分たちで男らしい花壇を造れるなど、どちらかと言うとどうでもよいその場限りの語りあいで暇をつぶした。腰は降ろさないが植木をいじり多年草の若芽をつまんだりした。久雄はクラスの女生徒がはしゃぐのが頭に浮かび、応答がちぐはぐになりがちだった。それで言い訳をして弟の関心を逸らそうともしなかった。弟にはそれなりの考えはあった。彼が健全な像を頭に描くのに反して兄は現実ではありながら独特のものだった。自ずと弟の良二は兄が公言できない内容の問題をかかえていると推測した。

いつまで庭に立ちつくしていても話しはまず進展もしなかった。春は二人にも胸を掻きたてるのであるが、互いに兄弟故に表現できなかった。それがすっきりしない原因であるのも兄弟は自覚はしなかった。

五月は梅雨時前の独特な思考世界に誘ったりするが、久雄は発作も起こらず快調である筈なのに何かの期待感もなく単調な毎日を送っていた。弟は地元の中学に在籍するから朝は遅くとも始業時間に間に合うが、久雄は十五分も歩いて東武電車に乗り池袋でバスに乗り換え、混む中でもまれてやっと学校に着くのである。彼には最悪の条件である。高校の選択では両親もその点を思案したのだが、私立では学費の負担が大きく、それに加えて入試競争率のすごさに入学後の競争意識が負担となって、久雄では重圧となる心配だった。それで先生と両親に本人も共に熟慮した結果が、本人も納得するのであれば、現在在籍の高校が実力と校風に合致すると決めたのであった。その通りに入学できて通学となっている。それなので不服はない。結構有名大学にも合格者がいる。

「山谷。六行の始めから」

国語は大半の生徒が肩を張らずに授業を受けられる時間だった。久雄は他の科目でも指名されて恥をかくこともなかったが、神経をとがらせる労を省けるだけ楽で、クラスの者同士仲良くなれるのだった。当てられても着席のまま読む慣わしなのですぐに読み継いだ。学期始めの気分がまだ残っていたので、続きが早くクラスの者が一行一行追っているようで、声が震えるかと心配した。意外と正確につっかからず読めるので落ちつけた。教室内は静かになったがそれでもどまかなく好調だった。教師の顔を伺う余裕もあった。

文章は『高瀬舟』の一部で口語文では堅く読みづらかった。筋は出だしで興味が薄く予習を怠る者には取っ付きにくい。久雄は昨夜速読しておいたので文の運びは心得ていて、クラスメートの関心に配慮すれば済んだ。あの有名な自然死および死の認識にまで考察する必要はなかった。句読点、助詞に迷わされるよりも級友の表情こそが重要だった。

女生徒随一の女がまず視野内にあり、その回りに星となって女生徒が散在する。奇怪な視界になっている。彼女たちはいやにまじめで各々が黙読している様子である。「僕がおかしいのだろうか。皆がこんなにも静かになったりして。あの子は僕よりか成績が上の筈だ。それとも僕は思い上がっているのだろうか」疑心暗鬼だった。

一ページはおわった。またたくまである。次ページがちょうど裏になるため右親指でめくると、その間がちょっとあってある生徒が椅子を動かし瞬時の響きがあった。「はい、続けて」と先生も無駄な忠告をした。舌は流暢に文字を追い盲人が点字をなでる滑らかさだった。彼の視野は敏捷に作動し発音が遅れればせに従っているのである。心地よく笑みの色さえあった。彼自身も感知していた。瞳が清く誰にも安定した精神下にあるのがわかる彼になっていた。そうした鑑ともなる表情をしていた。歓びにあるからこそ彼女たちにも余韻を転嫁しうるのである。この状況では日頃愚かに映る女生徒も昇華されてしまう。彼は「あの女までが僕の声に聞き入っている。あいつがそんなに内容に魅了されている訳がない。僕が変化しているかもしれない」落胆もし、自惚れたのかもしれないと急転直下機械的読み方を責めた。朗読がうまいのが利口であるかに思って自信づいたりしたのが恥ずかしかった。異性に心を奪われるのもだった。

「止めい」

久雄が我にかえると、先生は質問を制止して森鴎外の説明をした。国費留学生でドイツに渡り外人女性と恋をした背景を、『舞姫』を書いたいきさつとともに受けをねらって面白おかしく語った。教室は柔らかなムードになり、高校生の認識をそれによって増幅させるかの雰囲気だった。

その先生は生徒が国語よりも文学に親しむ授業を本質としていた。生徒が一時間を高校生活の中で意義のあるものにしようとして、彼らがどんなに騒ごうとテキストからはずれたりしても、彼ら生徒の理解を重んじた。生徒も年齢的に思春期後半にあり、態度を各自の性格に委ねられたりすると、反抗しづらく恥じ入ったりもした。その教師は彼らを少年期の集団とだけでは考えていなかった。既に人格者であり神経の過敏な尊重すべき者達にしていた。

鷗外が自殺に追いやられそうで生物界の現実の姿をあから様に提示されるとき、その行為を思いとどまった旨のエピソードを物語るのに、どの程度彼らが独自の判断で滋養とするか教師は興味深かった。教える者の側からする関心事であり楽しみだった。

聴講する久雄は休憩時間に全部忘れようとした。死を考えるのが馬鹿らしかった。めまいがする日にも自分で命を絶とうなんて思う余地がなかった。死が美しいなど自分に割り込む問題ではない。十数分で教室を移動する異性に、彼女らが自分と同じ受け止め方をする生徒としたかった。同程度にそうしたことを判断する者としたかったのである。自分も彼女らも大人と考えたりする者は居ないと信じている。いつかデザイナーみたいなのになるにしても、彼女らが大望に日々渋面までして頑張る姿はやさしさに決まっている。久雄はあるクラスの一員の理由で彼女らと素知らぬふりですれ違ったりするが、相手に深刻な意味合いがあると想定したりはしない。女生徒として学内にたむろする一員と見るだけである。

表面は堅く装っているがその下には母みたいなひなびた体が潜むこと、ミニで闊歩するめす犬みたいなものであること、その他流行に見る性アッピールの顔をそむけたくなる現実を読みとった。かわいいおさげ髪にも衝動はあって、負けそうにもなるがそれに打ち勝つ自信はあった。それらは大体類似であり電車内の乗客で慣れてしまっている。暑い夏に肌が触れて彼女達の体が冷たく感じた日は動物の感触がよみがえったりする。動物と人間が入り混じった感覚が続き考えがにぶる。

選択科目は音楽であったが、男子は少なく女に囲まれる形でこれまでになく気まずかった。音声に自信のある生徒が集まっているのと、コーラスでも組んで華々しく高校生活を送りたがっている者達の集まりである。顔ぶれは遊び半分で女性が多かった。

「ちょっと、喉がスーッとするわ」丸顔の不真面目らしい生徒がブラウスのポケットからガムを抜いて、久雄の前列にいる頭の良さそうなのに渡した。

「いけないわ、山裏さん。これも授業よ」

「音楽の時間くらい、いいでしょう。それに喉を痛めない」

遠慮もなくはしゃぐ女生徒は、久雄の隣りに何度か席をとっている。男生徒を意識する度合いが強く、異性に興ずるよりは早くも女の下心みたいなのが伝わって不快だった。音楽選択の者は科目の先入観から、少し足りない生徒に思えて、その中の頭脳派までが馴染めなかった。

非常に上手で合唱コンクールにも必ず参加するメンバーの女生徒は、一年生ころから名前も知っていた。その子がピアノのそばに陣取っている。魅力はあるが好きになれない生徒である。この時間はシューベルトの作品を習う日であり皆あらかじめ知っていた。歌曲集の中から選んだ曲である。先生は独唱して次にピアノでその作品を弾いた。

「君達、シューベルトと聴くと未完成や子守歌ばかりが頭にあるだろうが、むずかしいからな。君達は高校生だからねえ」

音楽好きの先生らしくもない、田舎者の日焼けした労働者タイプだった。言葉には親しさがこもっていて「知っているからって甘く見てはいけないよ」注意して一節ごと全員に唱わせた。馴染んでいる曲なので先生の指導前に発声はみごとに揃っていた。一曲全部までは遣らせなかったが、繰り返す先生の後を追って練習させられた。

「まあいい。慣れは大したものだ。ラジオ、他人の歌声でこうも上手に歌えるんだからなあ。シューベルト先生もさぞ満足だろうよ」

久雄も楽しかった。音楽は心を浄化してくれる。女生徒に迷わされる余計な神経も働かなかった。あの女の子も全員の唱和に霧散してしまい、歌声の裏で底意地悪い女、動物的生態の想像へ走らせる厭世状態にもならずにすんだ。いつもより口腔いっぱいの勢いで発声すると、右の女生徒がにっこりした。他クラスの生徒である。恥ずかしさもあったが自分の声に自信がついた。自分の発声音に興味を示すのに不快ではなかった。まじめな部類の生徒なのである。彼女は向こうから久雄を仲間に誘ったりしないとの推測だ。こんなタイプの女生徒は久雄をある意味で成長させる。自分の立場に存在感があるのか、彼女たちの反応で推し量れるのである。

久雄は唱いながら彼女の口元を観察した。彼女は控え目な発声をしその様子からして、ふざけや音楽が最高と興味を持つ女性でないのがはっきりしている。彼女はどの科目でも良いとする部類である。音楽が習字のつぎに繊細で女性好みの科目であるためで、習字は生まれながらの手筋が本領を発揮しがちで、片手間には不向きなので彼女が選んだと、彼女びいきに解釈した。習字は彼女の性格になじまないと。習字には堅苦しさ、きざっぽさがあって彼女にふさわしくない。この時間彼はだまっているまじめな生徒だった。彼の想像はあくまで彼だけで、彼女たちは久雄の心を読む女性ではない。彼女らは彼をひ弱で人付き合いの悪い生徒と見るだけなのだ。

いつもであるが、久雄の学校生活は淡々としており、野望にも健全な活動にもエネルギーは発散されなかった。虚弱体質のせいで少年の輝きが失われがちなのは、先生にすれば一抹の不安であった。それでも久雄は不まじめグループに属さないので、先生生徒ともに避けたがる生徒ではない。敢えて評するならば生徒間では影のうすい生徒になる。クラスでも幾つかある委員の中で、誰かが一度くらいはひき受ける身になる役をしているだけである。クラスで競ってバランスを崩す役員になるなどは、無縁な生徒である。それだから女性関係は噂にのぼらない。そうしたゴシップが彼にもあるならば、もっと生徒間で袖を引かれる者になるであろうに。それも幸いになっているのか、他人それも成長を見守る立場にある者からすれば迷う点だったが、彼はいつも穏やかに生きているのである。多摩川でハイキングが実施された翌日、ある生徒が女生徒と喫茶店に入った件で先生から諌められ、冷やかしもされた場に居合わした久雄は、いつもの気持ちでいられた。上調子の奴と冷静だった。「僕がそんな行いを成し得たら」と仮定はしてみた。羨ましさはなかった。

毎日安穏に生活しているけれど彼なりの理想像はあった。異性が彼を腐らせているのではない。だがそれも明確につかんで表現するのはむずかしい。ひらめく人物は順次消えてゆく。偉人がまやかし臭くもなった。父の生活と母の無欲な愛情に育まれて居ると、偉人は現実とは遥かにかけはなれた神みたいになる。

クラスにも伝記に現れる少年みたいな典型的堅物で勤勉そのもの、家庭は貧困ながら勉学は優秀なのが居たけれど、その生徒が真実模範生の鑑であるかは疑問だった。いつ挫折するか他人ながら久雄はその到来が予測されたりして怖かった。

男子は欲望が強いので反撥を感じ、女生徒は身にかなった処し方をするようで救いがあると思ったりした。彼女たちを好きになれるのもその面に原因があるとも。秀才型の女生徒も男に比べると柔軟であり自然である。女性をわすれたか疑う鬼に例えたい生徒もいるが、この頭脳錬磨に他の全てを排除したがる女子には恐怖を抱いた。彼女を好きになるには墓に片足を落とさない限り、自分にはその血の温もりを感知しないだろうと寒気がした。

五月のもっとも心地よい日中も久雄は物足りなさを実感するようになっていた。なぜかは自分ではわからないのである。異性にとり付かれているか疑ったが、デザイナーで彼の欲望はみたされている。自分で起因をさぐるのは無理であり、大変な冒険にしている。初夏でも晴れた気分になりづらいのは病気のせいであると、体を含む物理現象に転嫁して重荷から逃れる努力をした。

久雄がデザイナーを女性として、また愛していい相手に決めたのは久しい。彼女が中学生のセーラー服に身を整えているお姉さんをながめて親しみを覚え、本当の上級生に思えた。彼女が秀才でないのはわかっていた。近所であるのと彼女の振る舞いからわかるのである。たいてい彼女は相応の女友達と行動をともにしていたからである。その頃すでに久雄は女性が男の同伴者になって調和する必然性を考えていた。それで自分が反発を意とする異性は、どうも親しみは湧かなかった。この印象が今もって体を血めぐっているらしく、お姉さんがデザイナーとなっていても、彼女にいつもの関心を持ち続けられる感触を得るのである。彼女が完全に他人であっても、久雄が愛せるかどうかは別にして好みの女性である。彼女は相当おさない時分を除いて久雄達兄弟とは遊んでいない。それと年上になる。加えてますますきれいになる女で、女らしさも久雄が周囲には捜しがたい親しさを備えてもいる。とみに彼にはデザイナーが愛すべき人になって内面に映っている事実が、勉強の合間はもちろん家庭でも彼女の姿をより理想化してはびこっているのである。彼女に会うよりか見るのは帰宅した夕方か日曜日であった。年頃のためか玄関口の道端で子供達を相手にする様もとらえにくかった。そして日曜日はどこかへ出かけるのが多い。

彼女を離れて注視するのは日曜日が絶好である。久雄は日頃日曜の朝は遅起きなのだが、一人の女性が正装して外出する時刻には、家族の食事も済ませて縁側の椅子に掛ける習慣になっていた。父が考案した間取りで久雄が思春期の惑いに引かれて、異性の出現へ夢見心地になっていると、熱さを増した陽差しが久雄の首根を刺激して絡み付いた。無風であるが揺れている感じがする。四月の地上に漂うもやと違ってあっさりしている。背伸びしたくなる日ではある。ガラス戸が半分空いており室内も外の空気に通じていた。外界ばかりに気をとられているのもまずいので、教科書なんかも手にしたりでデザイナーに期待し続けた。雲がまばらに流れていて、午前中にありがちな穏やかな一日の始まりだった。

弟は部屋に居た。寝室と勉強部屋をかねた弟の部屋である。二人は日曜日に音楽を聴いて、最近は久雄が縁側で過ごすので良二が自分のみで聴けるので喜んでいる。自分が選べるのとマーチ、クラッシックの抜粋盤を好む傾向がある。天国と地獄ごときを高音でならすのは、悦に入っているのである。それだからと弟がステレオに夢中だったりはしない。弟は利口で詮索好きなので久雄はそう理解する。中学も最終にかかりつつあり、いつも真似をする弟のイメージは捨てはじめている。お姉さんを垣間見る期待は弟にもあるはずである。兄が日曜日に好んで縁側に移る意味は知っているに決まっている。「お前、本を持ってきなよ」とさそっても「いいよ」の返事で兄を見透かしてにっこりするのだった。

デザイナーが通りを行くのは十時ころだった。その時刻には玄関でもよし庭その他でも通りに面していれば、必ず流行の洋服で身のふりも均斉がとれた女性が、用務先に向かうのを見れるのである。彼女は町内を歩き終えるまではどういう加減か、早足になるくせで彼女とわかる習性もあった。

起きたのが九時で食事をすませるとこの時間だった。彼女が今週のモードで現れる頃合いである。両親もデザイナーが通るのを知っていた。久雄もそれだから待っているのである。約束を破られる逢い引きの若者にある、みじめな待ちぼうけはない。十時には山谷家の敷地に接する道端を軽やかに成増駅へ急ぐ予定である。期待する定刻にミニスカートで久雄の視野にはいった。「今日は黄色か。でも似合う。あのスタイルはどう呼ばれているのだろう」開放され服装の魅力を彼も理解できそうなのだが、少年の身では評価しがたい。彼の焦点は様相の一部と顔にあった。相手を装いで好きにはなれない。たとえ肌着姿はもちろん軽装の場合もそうである。しかしそんな機会もなかったので運がよい。

急ぐ構えではないし見る者を悪に陥落させる兆しなどがない。表情はいつもの美しい女性である。ミニながらツーピースで肌に素直な整合をなして彼女のスタイルを引き立てている。生き人形であって久雄は抱きしめたくなった。それは特定の美しさではとらえ難く永遠の美しさとしたかった。彼女だけのものではない誰にでも理解できる純粋な美しさとしたかった。仮に性の食指が顔をのぞかせたとしても、久雄には考えの外に属していた。お姉さんが本物であるのを信じた。彼女が美しいのはその性格にあるのを少年なりに認める。黄色が五月の朝日にはえて浮き立つ気持ちを代弁している。ミニは踏まえる両脚にまかせてゆらぐけれど、スマートさに加えて柔軟である。教科書で目尻から下を隠してその様を視線が追うと、自分が招く結果と空想したくなる。幻覚に近いものである。女生徒たちの前方に居る。逃げようとよそ見してすぐに姿を追うと、山谷家の私道を延長した地点に居た。彼女のそうした容貌に煩わされるのは本意ではないため、顔に焦点をしぼるとお下げ髪がふくらんだ塊になっている。彼女ではないしどうでもよくなってしまった。興味は薄らいでしまい塊は死物みたいだった。見続けるのはよした。最良の人とするのに興奮するのは自分がかわいいせいとは思った。デザイナーは道行く人にすぎないのは決まっているのである。彼女はいなくなった。

朝日は一段と強くなっていた。ここ練馬区は野鳥の声も聞けるのであるが、今は弟がステレオで愉しんでいるので確認されない。窓枠は絵画のイメージを失ってうす色の、一枚何円の色刷りの絵になっている。日曜は案外人通りがすくなく、子供たちもこの界隈では屋内に貼り付いた状況にある。労働者の夫を持つ家庭が多数をしめるせいだろう。山谷家もそうである。

久雄はお姉さんを見送った満足感で気がゆるんだ。やさしい温もりにも促されて、いつもの疲労した体具合に迷わされた。いや、育まれていたのかもしれない。中高校生の子供がいる家庭にふさわしく奥の部屋からは音楽が聞こえ、午前の起床にからむだるさも吹き飛ばし、山谷家の自由でゆとりある生活リズムが開くのである。

確かに良二は音楽に傾聴したりはするが、虚脱状態になる兄にも相当心を寄せるのだった。お姉さんが行き去ったあとは兄の思考力は落ち、大河に流れついた小川そっくりと弟はみなした。あんな姿にはなりたくない、自分は受験年でその最中にかかるけれど、合格してからは希望を絶やさず日々充実していようと願った。兄がお姉さんを好いていてもかまわない。良二も小学生で先生が好きになり困った経験がある。女はしつこく子供の心に入りこんで悩ますのを、子供なりに不思議に思ったのだ。してみれば久雄兄さんがあのきれいなお姉さんに憧れるのは当然。非難は全然したくないのである。できなかった。あの姉さんは小作りのスタイリストで兄さんの理想タイプである。兄が幼いころから体格が良二に劣り、ある時点までは上下していたけれど、良二が超えてしまってからは兄のコンプレックスが気の毒だった。弟の単なる憶測にするにしては兄の衝撃が強く弟に響いた。良二はなるべく兄の秘密をそっとしておきたかった。年上の者が歩む道に自分も触れて成長したかったが、兄を苦しめたくはなかった。兄弟である兄に密着するのはよすべきである。我が身にも関連するならば正しい意欲に害となる。それは馬鹿な行いである。兄の躓きは重大な結末になる危険を持っている。

ステレオで胸の内にある曇りを全部払い除くと、兄への思考から開放されて学習予定はすらすら進行した。解きにくい問題までが答えに辿り着くのである。「どうしたんだろう」両腕を後ろ脇にして深呼吸する身にも意欲が湧いた。彼も華奢であるが兄よりはずうっとしっかりした体付きだった。頭脳はもっと優れていて英語問題集は七十点がいつもとれた。今日もそうで兄思いも問題解きになると点取り虫に変わった。頭が重くなるまで集中して突破口を探るのである。自己採点がおわって能力と兄の生活行動を照らし合わせたりするのだった。

「久雄兄さん、まだ眠ってる？」点数が良かったので喜んで声を掛けた。

参考書は手にしていたが久雄は縁側に老人の如く椅子に掛けているのも気が引け、自分達の部屋に戻った。でも弟の勉強には関与しなかった。

「僕も本を読むからな」

「どんなの」

「受験は終わっているからな、哲学書さ」

「だってそれは大学で習うんでしょう」

良二は高校生で学習する科目は兄のを見て知っていた。

「嘘さ。倉田百三や内村先生かな」

「兄さんキリスト教になった？」

「いいだろう。僕は何でもない。内は仏教だからね」

「そうかな」

「お前がやればいい。頭がいいんだ。有名大学を目標に勉強すれば、そんな日がお前を待っているよ」

久雄は日本文学全集の中から一冊を選んで読んだ。兄の趣味は声楽と読書である。前者は専ら宿題に費やす以外は本を前にしているのである。日曜日の余裕も小説を一遍読了しようとすれば骨がおれた。頭が疲れるとデザイナーが訪れ黙って久雄をみつめている。お姉さんよりは妹らしくさえある。自分よりも弱く甘くお人好しに映り、久雄は弟に「ちょっとな」と言い残して庭を歩いていた。いつまでたってもデザイナーもお姉さんも妹だって「どうしたの」さえなかった。最近建てられたアパートの並び、普通の民家方向には布団が干されていて、室内を覗かれるのが落ちだった。数軒の隣りには娘たちもいるのであるが、たとえ愛嬌をふりまかれても彼は首一つ振らなかったろう。実際久雄達は中高生なので彼女らも相手にする素振りがないのである。この日も彼女らは兄弟に関心がなさそうで、顔をだしてもすぐに引っ込めた。それが他の男達のひやかしや誘いによるにしても、久雄にはどうでもよかった。彼女達は近所の奥さん達と話したり、たまには男友達を連れていかにも下品なので彼は嫌っている。彼女達が自分と異なるとまでは見ないが、その日その日が楽しいらしい彼女らと、毎日がとりとめない空虚な生活をしている久雄とは区別できた。家庭婦人はそれなりにユーモアに富むのに対し、下宿人、勤め人の娘は平べったく感ずる。もっと厚みが要るのではと余計な考えにもなった。では自分はどうかとなれば結局大差なしになった。無限の可能性となって目に入る青空も単に青い幕になり青い霧ともとれる。実際科学的にそれに近い気体であるなら無益な期待に終わる。空の印象も偽物に行きつく。あんな遥かな空間に希望なんて自分を小鳥にする苛立ちだけである。

父親は休暇で寝巻きのままであった。新聞を読んで煙草を吸いながら碁、将棋のテキストを眺めているのが平常の生活である。その日があるままに生きるそんな日々になっている。久雄はそうした父を相手にするのは嫌いだった。父も子供達に学校で起こった出来事等を細かに語らせるのを避けている。子供達が親よりも考えが進んいでいて、互いにこれで阻害はされないのである。久雄は父が黙っているごく普通な労働者であるのが親らしくて好きだった。三つしかない部屋の一つが居間になり、父が足を伸ばして碁のテキストに夢中だとそっと通るしかなかった。話したりすれば唯一の楽しみが邪魔されるからだ。

昼時になるのに母は台所にもいなかった。弟は勉強をしている。久雄はコップで水を飲み若芽がくっきりしている畑越しに、小学校の横を行く婦人を見た。買い物帰りらしい。都会の静けさに住みなれている彼は、我が家が日常生活と直結しているのをことさら再考してみた。

母が帰ったのは十二時半を回っていたが、文句もなく三人はテーブルについた。山谷家には秘密にする用件はなかった。いざこざもそうである。久雄がめまいして家族を悩ますのも、むしろ家庭に一体性と親愛の情を増すよい機会となるのである。

弟がテレビのスイッチをひねり映像がはじまると、四人はそれに見入って口を閉じたままだった。日曜日の昼は中華ソバを注文して母も手を休めるのだったが、即席のサンドイッチ添え等で家族は満足であった。素人造りは砂糖、チーズ、野菜がふんだんに使われて満杯だった。初夏の山谷家はそよ風が縁側にゆらいでおり穏やかだった。事実山谷家には子供の不良化への心配もなければ、秀才故に悩みも生ずる苦慮もない一家なのである。

二人の子が相応の年齢になっているので、食事時に騒がしさもなかった。サンドイッチを家族が満腹になるまで食べていても久雄は食べあぐんだ。それでスープを薦められ水腹になった。「もどしそうだ」と言うので「今年は勉強などいいから体に注意するんだ」我が長男に期待しない父親は励ますにしても諦めがその底にあった。良二はすまなくなって兄を思い遣った。ひ弱でも久雄は兄の風格があり尊敬していて、両親がいつも兄のいいなりにしており、一家の後継者となる指図をしないのが不思議だった。男親らしく鞭を振るうのは良二へであり、それによって兄が間接的に何かを悟るのを意図しているらしかった。良二はそう解釈した。

「久雄、そんなにおいしい？　お前が腹いっぱいになるなんて余程お腹に合ったんだろうからねえ」

「本当だ。久雄がたくさん食べるのがわたし等の歓びだったんだからな。今更母さんの愚痴もな。思い出すだけさ。これからの不安がわかるだろう」一人がどうしても片隅にいる形になると、家族が暗くなりがちで、この日も久雄が存分にお腹に詰められない一事で沈着してしまった。久雄は人一倍敏感で自分の体具合が家族団らんを壊すのをわかっていた。

彼は散歩に出て一人で解決しようと謀った。それが一番いいのである。小学校の校庭に沿って子供遊園地があり大抵二、三人は遊んでいたためそこで童心に帰ろうとした。田畑が建物で消えたここ旭町に古く自然のままだった公園が、区で立派な遊び場にしたのは一年前で、今ではすっかり馴染みの公園になっている。ベンチに掛けると母親と子供がブランコに乗っていて、いかにも午後らしくのどかである。周りには子供の手をとって立っている中年の男もいる。遊ぶ小学生もいる。通行路がわりに近道のつもりで横切る人もいる。若い娘が通るとどうしても視線が合ってしまう。彼は瞼を閉じた。だが暗い奥に通った娘の姿がある。残像なのである。ふくよかで全てが柔らかく浮いている。声をかけたくなる。待っている表情、あれが大人の魅力なのだろうか。

「つまらん。僕はそれに惚れたりはしない。もっと高度の嬉しさがみなぎる女性にさ。お姉さんではなくとも」呟いても結局はお姉さんがそばに残るのがわかった。年上の女を好いてはいけない。しかも隣りにいる女性で自分達兄弟には親しく尊敬される偶像なのである。彼は消そうと努めたが、そこらを歩かなければその姿は離れなかった。

「山谷さんじゃない」

私立高校へ通っている町内の女生徒で普段着だった。

「やあ、どうしんだよ」咄嗟だったので適当に話した。

「山谷さんこそ日向ぼっこでも。今年は楽そうね」受験をほのめかしているらしかった。彼女は同級生なので久雄を知っている。父の言葉を借りると久雄なんぞに一目置いている相手である。堅苦しくないだけに彼女を理解しやすいのである。

「ちょっとね。どうと言うことないよ」

「山谷さんらしくない」お世辞を述べて去ってしまった。

久雄は彼女が女を自覚していると予想した。ユニフォームよりも社会人の服装が似合うと思っているきらいがある。久雄からすれば気の毒だった。着飾っても同級生の理由も重なっていやらしさが先に立つ。昔机を並べた異性が子供を生むのを想像すると、何もかも投げだしたい気持ちになるのである。

中学同級生がいる住民は古くからの人達で、町内には新しい住民が年ごとに増え、久雄が公園で休んでいても気遣うことも少なかった。公園内の人々は多くが見ず知らずの親子たちだった。近所交際がない住民の中にあっても、我が家を横目に高校生の身で日向ぼっこ同然なのはだらしない。小学校の校庭を歩いてみても、無縁の者がさまよっているみたいなのですぐに通りへ出た。部屋に帰っても予定の学習もないので、どうしようか戸惑った。通行人はそれでも絶えずあらわれては消える。それぞれの用件で行動しているのである。久雄はなんだかその各々に連れ去られる感じだった。足元がふがいないのである。

久雄のめまい

二週間後久雄はまためまいが起こった。蒼白になり机に伏せて先生の声が遠くなり混乱の渦に呑み込まれた。後列の男生徒がさっそく先生に告げ、久雄をかかえて廊下を急ぎ医務室へと導いた。途中で我に返った久雄は「いいんだよ、いつものようにしていてくれないか」と止めた。「だって今日は死人みたいだよ山谷。無理するな。秀才なんだ。授業の一回や二回」なおもかかえて警告した。同情でもある。

「医務室にいるなんて厭なんだ。教室にいるほうが気が休まる。治るんだよ」

「そうか」

結局社会の授業は久雄も加わり、通常の授業が続けられた。病人の発生で中断される訳もなかった。一部歴史に近い問題だったので教師の説明に生徒の呼吸がぴったり合い、物語でも聞いている室内の空気だった。教える者が気合いで勝り生徒は圧倒されているのである。ホームルームの教室ながらこのように静かでよそよそしくなるのも珍しかった。

しかし久雄は聞いていなかった。教師の熱弁に顔を向けただけの生徒だった。時間を無事に過ごすのに躍起であった。社会が終わり英語科目になっても頭はすぐれない。神経をとがらせていないといつか名指されて叱られ、より苦痛を味わう羽目になる。当てられるとミスをするのではないか鼓動が高まった。そうなると聞いていても説明が理解できず、テキストにクギ付けになって胸を鎮めるだけだった。

ついに正午までもたせたものの食事は喉を通らず、抜きにしてしまった。休憩時間も教室に残っていると「大丈夫?」隣り席の女生徒が励ましてくれた。その生徒はしかも屋外は晴れていてほぼ全員が校庭か廊下に出ているにもかかわらず、もう一人の男生徒とともに居残ったのだった。久雄を心配しての行為であるのは確かである。彼女は普通の行動をする生徒で頭も良い。顔の造りもまあ良い。そして久雄に時折り流し目もする女生徒で、久雄が迷わされる相手だった。デザイナーとは異種の心地よさを備えた女性である。彼女こそデザイナーになる女性で、卒業すればその面で世にでる女と思いたくなるのだった。残念ながら久雄は彼女の美しさが見栄になるのを心配した。病弱な彼のために居残ってくれても、開放的なのでわざとらしさもすかされるのである。なんて惜しいんだろうと久雄は思った。近くに居てくれると人慣れしたやさしさのため嬉しくはなるが、本物からは離れていた。彼女は巧みさ故に彼にしばじば話すのである。今日とて同じである。彼女は自分のプロポーションにひたれるのである。一列はなれた机で彼女は読書した。髪はなめらかに梳かされスカートは新調らしい。大作りの身には丸みがあり大人っぽかったが、持ち前の巧みで少女らしい利点もしかと温存しているのである。久雄は長所にひかれた。彼女は久雄の好む点を理解している。彼が窓を眺めると彼女も楽しそうにして見て微笑した。まだ続く苦痛に眉をひそめると彼女の表情が暗くなった。久雄はこれが男女の神経が響く現象なのかと、体が熱くなった。

浅薄な女性との印象を受けてなるべく遠ざけるに努めたけれど、会うたびに女はこうしたものと、いつしか彼女をむしろ女らしい女でないか、これまでの誤解を払拭したくなった。彼女が朝早く登校して久雄もたまたま気まぐれに早かった朝、正面から出会うと彼女のはにかみに答えることとなった。ある時は一言くらい久雄が喋るのを期待しているふうなので「次は数学だったね」と軽く応じた。彼女が教室で突出した行動をして誉められていると、彼も羨望のしぐさで答えた。その折りの満足げな様子に男として、為すべきことをしたさわやかな気分になった。

皆から薦められでもしたかの経過で、あの日をきっかけに久雄とその生徒は恋人の関係になる噂がクラスで広まった。久雄は彼らが勝手に新たなカップルを誕生させて、退屈まぎれの餌に担ぎ上げようとしていると感じた。彼らも久雄が男女の仲をより特殊な形で生徒を喜ばせるタイプとは考えなかった。久雄がおとなしい生徒のため、つまらない噂でもいくらかクラスをなごやかにするつもりらしかった。

男女の関係は大っぴらで声高に語られるほど、清くて美しいとする仲間のしきたりがあった。秘密裏に連絡を取り結合が強ければそれだけ問題視され憤慨する傾向がある。久雄の場合はそのどちらにも半々の領域にあるらしい。彼らがそう判断しているらしかった。彼らは嫉妬もしないし誉めもしなかった。そんな噂もあっていいとしているのである。

久雄は嬉しかった。彼らが放置してくれるからだ。やかましく言われるならば彼女に偽りの接し方になったろう。笑い者にされるのは嫌いである。また黙認に出られたならば彼は貝に似せて彼女を胸の奥に隠してしまったろう。だが毎日正常に通学しているのは彼らとともに平均の生活をしているせいだろう。彼女とは選択科目などで同席する余裕すらあり、「誰かさんは嬉しいんだって」おしゃべりの女生徒が二人の間柄をあてこすりしておもしろがっても、平静を装えた。でも彼女は仲間の冷かしを黙殺するにはあまりに純真な性質であった。

その生徒は日毎に久雄へ親しみを示した。校庭でも廊下でも頻繁にすれ違った。久雄はたとえ偽りであっても、自分に関心を持つ人には素直に努めようと心がけた。彼は異性からちやほやされるよりは尊敬されるか、もしくは彼女たちから取っ付きにくい相手にされていると感じていた。彼女もその一人とした。彼女は自分を温厚な生徒としてああした行動を取ると思い、憎めないのである。現実は女の心理などに及ぶ筈のない少年なのである。

五月の早朝であった。久雄は「どうしてこんなに早く」時間の間違いを反省しながら教室のドアを開けると胸をあるものにぶつけてしまった。

「ごめんなさい」そしてやさしい声で笑みを浮かべて走って行った。あの女生徒である。不自然であったが彼女なのでそのままであった。少年の魂は純粋でそれに抗しかねたのだった。久雄は女性を危ない動物とするのが誤解なのをここでも考え直した。女がおしゃべりでいい加減とするのも誤っているので改心すべきと。何よりも彼は頭が渦巻く感覚だった。勉強が嘘みたいになり弟も両親も影が薄くなるのがわかった。

やがて級友は二人読書をしだす。彼らは異性同士が体をぶつけて考えあぐんでいるのを知らないのである。先方はもちろん久雄も黙ったままであった。

「お早う」それにも面倒そうに答える仲間である。クラス全員が和合するにはまだ日が浅かった。久雄は不自由しないしこうした偶然は誰にも関与されたくはない。自分の望む状況だった。彼もテキストを手にして学習の真似をして彼女が現れるのを待った。

間もなくして彼女は友達と一緒に教室に入った。彼はわざとそっぽを向き平静になりすましたが、かえって落ちつかなかった。テキストを見る視野を広げて彼女がそこに入ると、神経はそれに集中した。ぼやけているが焦点はぴったりである。

教室は分単位に席が埋まった。騒音は倍加した。加速度的になり生徒の増加と心の混乱が急激だった。それに仲間にも雑音が加わるのである。友達もしっくりしない。

「今日はおちつかないなあ。宿題はどう?」

肩をたたいてきた。

「頭がいたむね」

「そうだな。山谷は弱いからな。勉強もいいけど体だよ。まだまだ受験は先だろう」彼は久雄が進学の準備をしていると決めているのである。

「それに山谷、お前もっとあばれたりしては。いつも独りで考えているようだけど、あまり考えたりしないほうがいい。春は過ぎたんだからな。それに」ここで奥歯に物でも挟まった言い方をした。何かを憚っているらしい。久雄にはわかった。あの女生徒である。本当にしているのだろうか。久雄は彼らが案外現実視しているのには驚いた。だが彼は「僕が恋してるだって」とは言えないのである。そう、せせら笑って反対に彼らを手玉にとって遣れるならどうだろう。くやしいがそうした態度になるならば今度は別の人間にされてしまう。

ホームルームでは他人の言葉が耳元でそれてしまい、伝達事項すら、となりの生徒に教えてもらった。デザイナーを彼なりの思索で美化し、あの生徒にも女らしさを結晶させては自分を顧みた。しかし少年の久雄には感ずる重みがなかった。どう手探りすればよいのか、拠り所は何なのか、学校は空虚であるし家庭は現実である故に物足りない。とくに母親は現実なのか疑ってしまう。勉強は彼らとくに女生徒にとり残されたくないために頑張ってるふうである。

帰宅して部屋に寝ころんでいると弟がにやり含みのある笑いをした。疑っている弟を避けたくなった。良二が兄を探っているのであれば黙っているのが得策である。久雄がしゃべるとその一つひとつがごまかしになってしまう。彼は恐れをなし「弟には嘘が言えないのか。僕は強い芯を失っているのか」自分には疑問を投げかけても弟には秘密にした。それを気楽に口に出来ないのは親密である故にそれが壊れないか不安であった。仲の良さがかえって障害でさえある。哀れにも弟が素直に聞き入れたにしても兄の偶像が崩れて弟が悩むのを考慮して、自己の中だけに抹消するのだった。

久雄は弟も学習ばかりしていて頭の疲れにつれて、空想かくだらない感情で穴埋めしていると推測した。部屋は男二人だけによるのか、部屋にも女のブロマイド一枚貼られず殺風景だった。わずかにベートーベンの肖像画を額にはめて飾っているのが、平凡な家庭で普通の生活をしている少年の兄弟がいるのを示している。久雄は飾るのを嫌っていて、部屋飾りの工夫は多くが弟の工夫によるものである。飾りとはことなるがステレオ、造花、こけしにおみやげの民芸品ふう帽子、襟巻きまで弟のである。久雄は古いのは捨てるように嫌みも言うのだが、弟は惜しむので立ち消えになっている。

女の子関係では弟に語るよりは兄の立場を放棄したかったので、弟の前では厳しくふるまった。

「今度のクラスは優秀なのが多いのだろう。そんなことしていては脱落するよ」

こう忠告して落ちつかない頭に無理して学習を行った。格好よさを印象づけるには数学が都合いい。弟が信用しなくても数式をいじっていれば、高校生らしさを相手に与える。中学生とはかなり差があるので良二を納得させるねらいがあった。自習書の備えはあったがこれを使ってもむずかしいのである。学習がつまらないのだから仕方がない。彼女も自宅の机で問題を解いているかと思うと、互いに同じ問題を練習してそれぞれ違う道に進み、身にたたき込んだ応用力がどう活用されるかなんて、あいまいで学習した体裁だけじゃないのか。目的が醜かったりしないか。彼の勉強はさしずめ進学を目的に為されているが、彼女たち就職にあるのだろか。自問自答したが彼女たちもわからずに、青少年の義務としてそれとなく鍛錬しているに帰着した。あの生徒が自分を好いているとしても、高校生活を送っている証拠にすぎず、負担になったり責任を負う必要はない。二人が生きて行く途上にいるだけである。

その夜弟とは口をきかなかった。邪魔でもあり良二は年下であるので、弟にも悪い結果が予想される場合はそうするのである。まだ中学生なので年の差はそうなくとも、まだ未熟と判断している。自分も未熟な少年だが、女性を愛することはできる。すくなくとも自分より年下の者よりは可能なので、弟は突き放しておくのだった。

弟と頭を揃えて休むと、クラスの女生徒がちょっかいをかけるイメージが浮かんだ。心からそんなつまらなく不良化した行為をする訳もないにしても、彼女たちが今頃家庭に散らばっていると思うと寂しかった。いけないことだが異性にとり囲まれているのは、男の必然性ではないのか。「どうしてこんな考えをする羽目になったのか。あの生徒である。彼女が騙すからいけない。悪い女かも」数分彼は布団の中で考えた。「僕をゆさぶるのは何かがあるためなんだ。僕は好きだとは自覚しないいんだ。でも嬉しくなる。あの女でも。そうなんだ、あの子はクラスで上位の部類に入る。その生徒が僕を喜ばしている」しばらく眠る努力をしたが駄目だった。良二は寝ている。

自分に似ていて鼻筋と額の造りに浅い寝顔は兄弟そのものである。同じ血を持つならば良二は自分でありうる。弟を愛している。美少年でもある。「すると僕は自分を愛しているのか。不道徳であり顔をゆがめた。自分を好きになっているなんて奇妙だ。彼女たちに嬉しくなるのは自分にであるのか。これが尊敬だったりするならどうなってしまうのか。これは本当であるかも。

あの生徒が久雄を迷わせる日、微々たる進化ではあるが、優れた人間になりたい欲望にかられるのを知った。

「弟を遠ざけるのはどうしてだろう」先の解らない糸をたぐろうとした。

真っ暗な夜だった。両親も弟も静かである。月夜は明暗が不気味なのでなるべく寝る習慣だが、この夜はしたがって思考するのに快適である。闇でも手探りせずに外形はつかめるのである。良二は疲れで深い眠りについている。不動の死人みたいでパジャマの襟をつかんでもそのままである。日中は始終車の音で神経が乱される通りも落ち着き、自然に入ってくる外界音だけが神経を醒まし続ける相手になっていた。それで時計の音は非常に明瞭であるゆえに、耳で消化されずに部外音となった。あるのは机と弟と時計になるが、わかりきった物体が彼には改めて認識されるのである。弟の腕にも触れ脚にも頬にもだったが微動もしないで、ある感触を与えた。生きているが外見では死の様相で、彼には生き物の意味があいまいになった。「もしも、もしもだけど、僕がこれに類似する状況であの生徒の体に触れて同じ刺激で滅入るだろうか。級友、友達、母や山谷家と交際のある婦人たちが語る女の噂、悪口、冷かし、やや学問的な解釈、僕はこれらが現実となるか皆目わからない。明らかなのは勇気がないので僕はその仮定にもいたらない事実である。いくら空想し仮定しても生と死の理解度はあいまいである。女性は必ず社会にいるのに、少年は成長に害だからとそれを遠ざけられる。これでは僕達の純粋な心に影を落とすではないか。僕達は女性をいじめたりまたはいじめられたりはしないし、結婚なんてあり得ないので不思議な習慣だ。遊びだって何でも知りたいだけである。例外の者たちがいるのは認める。そうした女性関係の早すぎがあるのも事実だけど、どうして純粋な心を無駄にしようとしているのか。「引き合う性は先生の説教にも増して教科書的さ」脳天が重くなっているので眠れなかった。「どうも眠れない」狭い縁側伝いに抜け、冷蔵庫の中を物色すると缶ジュースがあって、そのまま口に当てると金属の匂いとジュースの甘みが舌を刺激し、しばし頬張っていたくなった。鼻や耳にまで香りと泡沫の音がさわやかに広がった。喉に流すのが惜しくさえある。

ジュースを飲み尽くすと生水が欲しくなり、水コップに氷を四、五個沈ませてから飲むと、胃に届いたと思うやいなや下腹部が痛くなった。冷えたせいにしたが、苦しみは病気と決めたがるくせがあった。こらえるよりは部屋に戻って横たわるのが一番と、余裕をもって布団にもぐった。弟は微動だにしない。狸寝入りの猜疑心もあって彼も寝たふりをした。良二は息をころしているふうでもあった。こんなにも身を固定させているのが不思議なのである。この疑いもたぶん久雄の神経が高ぶっているためらしかった。彼は頭の中であの生徒も害あって益なにしたかった。いらだっていて彼女に無理強いされているのである。

彼は頭の疲れを感じ思考をやめて自然に眠りについた。そのころ良二が右腕で布団をはねのけはしたが、目覚めた行動かどうかは不確かだった。

半月も経て梅雨が都会をすっぽり包み、久雄は季節の曇天とともに晴れない心をささえるものを求めて、気だるい生活を送っていた。それに反しあの女生徒は日増しに親しさを露にした。彼女の立ち回りが、クラス内で活発になっているのである。彼だけに映る女の変化なのであるか少年の神経は揺れに揺れた。彼女に関心があるのは彼女が意図して作りあげたもので、久雄を遠回しに友人扱いするにある。久雄自身は愛情を自分に燃え上がらせたりはしていない。自分に言い聞かせている。

彼が強がりを高めていると、もう一人の女生徒が久雄に聞こえる世辞を述べたりして、彼に印象づけようとした。彼女はもっぱらお喋りを伝達手段にしている。彼に似ている俳優の名前をあげる一方、作家や作品でもって間接におだてたりした。言動で彼の傾向をもった生徒にやさしく好意を示した。久雄にしてみればそんなつまらない評価で自分を踊らせ、または迷わせたがる彼女には、何の効果もない素振りをした。だが授業中彼女にも刺激はあり、ある種女性の不可解な力があるのを知らされた。夜中に彼女らが夢の中にまで現れるのである。一人は親密な友にもなっているのだった。

「佐仁さん、どうしてこんな所にいるんですか」彼女は山谷家の庭に腰掛けているのである。

「あんたは池袋じゃないですか。僕の名を呼んだでしょう。どうなっているんだ」

「あら、どうかしてる。山谷さんは、いえ久雄さん。あなたはいつも一緒に学校へ行っているんですよ。日曜日にはいつもわたしがクラブ活動で早いでしょう。それに久雄さんとは小さい頃から遊んでいる友達よ」

「とんでもない。佐仁さんは僕とあまり話していない。いつデザイナーになったんだ。日曜日に僕の家の前を通るのはあの姉さんだけだ。どうかしてる」

「久雄さんにお姉さんがいつ出来たの。久雄さんは良二さんと二人だけでしょう。わたしねえ、今度の日曜日こそ久雄さんを、そうなの、連れてってあげる」

「そのクラブは何んだい」

「どうかしてる。知っているのに」

「だから、何んのクラブと聞いているんだよ」

その生徒は微笑んでばかりいた。久雄はかなり憤っていた。ふと醒めても汗がこめかみにしっとり浸みていた。どうしてあの女性が頭にこびりついてるか、現実でもいらいらした。部屋にはどこにも女の匂いはなかったが、その女にいつ呼び止められるか半信半疑で、数分間夢と現実をさまよう少年になっていた。

教室で夢で会った女生徒に会うと、いやらしい魅力を振りまいていた。男生徒と鼻声で戯れ女同士では口元を指で撫でたりである。ハンカチで唇を押さえたりする様子は、付近のすまし屋の御婦人そっくりである。久雄はその生徒はクラスの一員なので顔はよく知っているけれど、昨夜の映像のため再確認のつもりでながめ、改めてその生徒のげすっぽさがわかった。彼女は高校生の自覚を精神面で放棄している。「佐仁さん」彼女が夢の中で問いただざずに彼をおびき出したのを不思議がった。彼はなるべく彼女との対面を避けたが、一日の大半をクラス内で過ごす生活で、これほど印象づけられた生徒を生活領域から駆逐するのは骨だった。相手の好む生徒仲間から遠ざかっていれば頻度は減るので、秀才型の生徒に逃げ場を求めるが、努力は無駄で彼女は勝手気儘に付近をうろついた。久雄が「あっ」と声が出てしまうのも、彼女が長目のお下げを撫でている流し目と合ったからである。日も置かず久雄は上靴をはく彼女の足を踏むことになる。

「ごめん」

でも相手への詫びなんかではない。その意味は相手に通じはしない。驚きなのだった。彼女はすかさず許しの言葉を返してくれた。媚態も伴ってになる。刺激は些細であるが愛嬌のしぐさがそれなりに久雄に反応した。教室のため二人の感情はそれで途切れはした。それでも久雄には尾を引いて、彼女の日頃の言動が追想された。

学校生活が日常生活の半分くらいは占めていて、久雄の行動範囲も学園に限定されてもいる。家庭生活も人格形成に重要だが補助程度になり、成長の過程は学校にあった。一時節にしても新学期に始まる多岐にわたる現象は、久雄の心にも多くの影響を及ぼした。学習はテキストとともに進行するが、なかま意識、友人の評価では毎年ある生徒の変異を意識する。愚かな女生徒が利口に変身したり、無能に見えた男生徒が秀才だったりする。魅了される異性が日々接している内に、見栄っ張り、かつ世間知らずだったりである。初日の好感度が継続して増幅し、才能の豊かさを教えられる生徒もいる。一概にプロフィールするのは誤っている。久雄はその変化に複雑な思いを抱き、それに追随するのに神経を使う。なぜなら仲間の多様性に左右されて、どの相手にも満足が得られなくなるのである。

学校行事では中間テストの時期だった。久雄はそのための学習も心得ていた。学期末テストの補助手段で重要なのも承知している。彼には余裕があった。再試験の心配は十中八九ない。彼の悩みは生活予測の失望である。少年にしてあまり希望など持たない大人みたいであった。クラスでは上位の安泰組でありながら、進学組、クラブ活動に属さず、頭を押さえられる心理的圧迫もなく、運動部や不良仲間とは疎遠だった。異性問題も彼にはナフタリンに近かった。愛を告白されるなりまたは彼が進んで愛するには及ばなかった。女性は彼の判断に触媒となる程度であった。逃げるポーズで彼女たちの影響を見守った。それは彼の社会生活全般への観察力を授けてくれている。彼女たちによって自分が男らしさを保っているのである。

彼がデザイナーを好くのは彼女が美しいのと、以前から兄弟にお姉さんで君臨しているためだった。今は彼ら兄弟を置き去りにしかねないので、より美しく好ましい手引き人になっている。彼がクラスの女生徒に愛想づかすと決まってデザイナーが頭に呼ぶのである。飛んでいる鳥を呼ぶ馴れである。デザイナーは聖女よろしく久雄の心に降りてくる。そうした彼に突然の現実が展開された。

クラスで久雄と最も他人行儀でまじめ、普通の成績で上品でもある生徒が、婦人科医の世話になって休学しているスキャンダルだった。

ホームルームの時間に担任は「このクラスで一人が噂になっているのは皆知ってるな。これは事実で実に憂うべきことで、他人ごとではない」言葉少なにその醜態を例に、高校生であるとともに将来を期待される君達が、今ここで戸惑って痛手をこうむっては社会の責任になるとも述べ、厳しい説得になった。クラスの者は知っている事実なので退屈だった。彼らはもっと新鮮で進んだ問題を望んだのである。生徒はにやついたり含み笑いで、担任も充分彼らの気持ちは理解できた。責任者の立場で説諭しているのである。

「今回はまじめな生徒が過ちを犯して残念だ。それで君達までまともな行いを嫌って、胸を張ったりするのは大間違いだ。今からでよい。互いに反省すべきだ」説得の担任は普段軟派に属する生徒を軽蔑ぎみににらんだ。せせら笑いの彼らも、一様に顔をそらしたので反抗は憚ったのだろう。

久雄は冷静だった。担任の諭しはもっともとした。ショックを受けての家庭薬の効果にはなる。自分の気持ちが担任の説得にマッチするので、ひっかかる心をさっぱりさせてくれた。教師の見解を待っていたのか知れない。担任外の教師はせいぜい冷かすのが、せめてもの関心事と言いたげだった。生徒の補導はそれなりの役を持つ者に任せる姿勢になる。

そのころ学内では自治会の生徒が大学生とデモに参加し、警察に連行される事件があって学校生活は乱れがちであった。学校の風習に対する反発も頻繁に起きていた。過激な運動に発展している学校とは比較できないが、時流にのせられてはいた。生徒会活動の規則を緩めよ、運動選手の試験採点に手心を加えるな、が焦点だった。

久雄も一度集会に参加した。学校側は生徒の自由参加にまかせていた。放課後講堂いっぱいに集まった生徒集団に、彼は一瞬予期しない圧迫を感じた。集まった者たちの学校生活に対する関心の高さだった。短い三年間の学校生活で、自分たちの自由が制限された理由で、こうもいきりたつものかである。彼には理解できなかった。彼らの言い分を聞くため床にあぐらをかいたのはよいが、一旦その集団に踏み込むと野次馬根性がエスカレートしていて、物理的に無理なのはもちろんたった一人で退場するのは殴られるか罵倒されるのが関の山である。生徒会長の宣言、クラス代表の発言、飛び入りの演説など、または互いに生徒間で意見が対立したりで、大人の組合大会さながらであった。女生徒はなりゆき任せで恥じらいもあってか二人が意見を述べたきりだった。

結論は一時間経ってもまとまらず大会役員はやきもきしあせった。学校側は補導教官を差し向けて、どうやら時間延長の是非で押問答がはじまった。こうなると放課後の疲れもあって、会場がざわつき壁にもたれる者、冷かしに立ち歩く者等で大会は決裂が予測された。

集まった生徒の前面で教官と役員が折り合いがつかないのを見かねて、何人かが抜け出て教官を押しやった。相手が叱ると次の数人が詰めよって教官は足が床から浮いた。状況を見守っている入り口の教師が助けに分け入ろうとしても、二メートルと進まず諦めてしまった。

誰が連絡したかまた先生が二、三人入り口に立った。その一人はスピーカーで制止しようと怒鳴った。生徒は続行を繰り返し叫び譲らず、口笛を吹く者、指を唇に当てて鳴らす者らで講堂は騒然となった。前方で一塊の生徒がもみあっていて、生徒たち間ではあばれてもいい合図みたいだった。危険を察した先生は自分たちもその羽目になるのを怖がって、判断に迷い顔面蒼白だった。

この事態はまもなく納まった。補導教官は延長を認めざるをえず、駆けつけた先生に教頭との連絡を頼み許可を受けて続行となったのだった。

時間の長短がよい結果のバロメーターではなく、教官とのいがみあい後は気抜けしたか、急に発言者が減って役員の押しつけ結論に終わった。出席してみて久雄は何の価値も認められず、体が疲れたのみであった。そのために内容はすぐに記憶薄となってしまった。

解散はもの寂しさがともなうのであるが、強請された形であればなおさらである。義務みたいなのはなかったが、講堂を直接離れるのは友達と不満足に映画館を出る感情であった。もの足りなさで立ち寄り先をあさりたいそれである。女生徒も相当数参加したので、クラスの者、科目別の生徒でほとんどよそ者である女生徒にも会った。彼女たちは結構楽しいのか、肩をすりよせ手をとったりで、男生徒にもちょっかいの声を発したりして、実に大会に打ち興じているのである。それも生徒会が目論んだのとは無縁の、単なる内なる活力のはけ口だった。大勢の中で自分を埋没させながらも、開放感に浸りたい願望であろう。高校生には多い。久雄は嫌ったが彼女たちが、不特定に、久雄にも軽く無言の交際をひらめかす有様に、男子の自惚れも手伝って「くだらない奴」と呟きながらも彼女たちのおしゃべりに傾聴した。

「どう、テンポが遅いんじゃない。あんなこと大げさに言い張ったりしてさ」

「そうそう。孕んで退学する人もいるのよ。先生も頭が古いけど、あの人たちもどうかしてるのよ」

もう歩行が妙なのが一人それに輪をかけて発言した。

「高校生とあまりに意識するのが間違いね。こんな時代にとり残されるのよ。御免だわねえ、勉強ばかりが能じゃないし、どうかするともったいぶって会議を開く生徒会も、大したことないのよ」

「じゃあ、不良を作ろうっての」

「あほらしい。そんなのに縛られるのが嫌いよ。男生徒は勉強ばかりして満足なのよ。どんなに偉い人物になるのか知れないけどね。どうせ、自分に都合いいこと言うのが落ちよ。あの人たち考えてごらんよ。わたし達など仲間じゃないのよ。クラスの一員とだって思ってないかも。それに比べてわたし達はさ」

「どうなの」

「どうでもないわよ。早くあの人達から離れるのさ。わたし達は彼らとも学校にも特別の意味付けしたりして、都合いい手段にしようなんてずるい考えがないってこと」

「そんなこと言わないで」二人組の内おちゃめなのが「わたし達堅苦しいのが肌に合わないのね。つまらない話しはよしましょう」袖を引いて歩を早めた。二人とも活動的性質か跳ぶ歩きかたで、男生徒にぶつかりつつ先へ先へと向かった。

狭い校庭には大会解散で生徒数がふえた。あたかも屋外で集会が開かれでもする様子になった。初夏の校庭は行事がないのはもったいない。生徒はいつも校庭で開放感を味わっているのである。

久雄は大きく息を吸って留まった。陽は沈んでいたけれど春の匂いがあった。すっかり若葉に変わった立木は、学園と外界を仕切る象徴の壁にもなっているのが誰にもわかった。久雄はそれを情緒のなすままに眺め、心を鎮めた。分ごとに周りが暗くなってゆくのも忘れていた。固まった人の影があるのにつられて開放された気分に浸っていると、とっくに生徒たちの下校するのもなくなっており、話し声が聞こえるのはあるクラブ員らしかった。何かの打ち合わせでもしているらしい。久雄はぼおーっとしていたのに気づき、そそくさと「どうしてこんなに」を口ごもって校門を抜けバス停へ歩いた。

バスに乗っても軟派グループが語っていたのが頭を離れず、「退学か」とも漏らして、女生徒が人一倍大人であるのを憎んだ。彼女たちがそんな問題ばかり考えて、いつも笑顔で教室内に群がっているのは真っ赤な嘘と想像し背筋が寒くなった。バスにいても他校の女生徒が、彼女たちを純真と信じる者を欺くかと思うと、制服に隠している邪淫を白昼にさらしてやりたかった。少なくも高校生が身をくずして学校を去るのは絶対反対である。彼女達は男生徒には聖女にさえ映っている仲間である。その身で社会上認められても、生徒の一体性に於いて許されない。久雄は憤慨した。「でも待てよ。あの子は利口で道徳上も問題ない筈だ。異性関係での不良化は人格と性には無関係なのか。われわれはそうなのか」久雄は混乱した。理想像がなくなり尺度が失われた。才能があり貞淑で人並みの容姿ならば、女性は異性に理想ではないのか。立派な人物になるのではないか。その生徒が子を宿したことを憤った。彼女は女性が女性らしく生きるのがどうしていけないいか抗議しているふうで、またしても頭が混乱する。彼から女性判定の規準を奪ってしまったのである。

車内が混むと軟らかな肌にふれていたりする。本能のさわぎで女性を美化したり、ある人を思い浮かばせられるのは自分のもろさを教えられて、この説明つかない穢れみたいなのを憎んだ。「しっけいじゃないか」密着した女性に苦言をぶつけたかった。でも口はつぐんでいた。彼女は鮮やかな配色のブラウスを着ていて、どうやら下はミニスカートらしかった。「あっ、姉さんじゅないか」と言い直したくもあった。

彼はデザイナーにも同じ感情があるのは予想しうるが、なるべく結婚などは遅れるのを望んだ。彼女がいつまでも美しく流行の衣装で、彼の心をなごませてくれることを願った。彼女とガラス越しで一方的に会う日、彼女は清らかな女性であり、周囲と世間までもが美しく映るのである。彼女は淡々としており近づきやすさを備えている。他を刺激する特徴も素直に表にしている。隠す必要がない意向なのだろう。彼女には握りつぶしたいかわいらしさと利発さがある。彼女の面立ちは大人が好むよりも、少年が虜になってしまう愛らしさがつぶさにあるのだった。即ち冗長のないこじんまりに研ぎ澄まされた均斉なのである。表情と身動きスマートなスタイルである。

久雄はその夜も布団の中で彼女に会っていた。日曜日の外にもいらだっている日、寂しい日、思い悩み自分にわからない頭痛にも彼女がやって来るのである。彼が呼んだも同然だった。彼女は本当に久雄の思う通りだった。彼の意見をよく聞いた。でも夢の内空想にしてもデザイナーを恋人にはしていなかった。まして花嫁など。彼女は触れてはならない隣人のままだった。だから現実の彼女でもあり得るのである。

担任はクラスの者に神経をとがらせた。日頃態度のあやしい生徒にはホームルームで皮肉を当て付けに語った。運動部員には「勉強も君達のためにあるのだからな」だった。名指しで矯正の態度にもなった。女生徒の髪にも曲がりすぎだとか、尾長鶏を持ち出す当て擦りだった。久雄も自分の番がくると予想もした。先生の口元に何かの文句を読んだりもした。担任のこの傾向で一日、二日、一週間が経過した。しかし久雄にはその矢は向けられなかった。彼はあっさり遣られるのが楽かとも思った。先生の叱りを受けると烙印の荷を負うのはわかっているが、一つの峠を超えた気楽さがある。指名の不安から開放の形になる。説教も普通に受け入れられる。担任が生徒の数段上位にあるのは空気みたいであるし、受け入れは楽である。担任が「山谷は女に注意するんだ」と仮に言われたにしても、そのまま認める。デザイナーがいるし知るべきだが、現在がその事態に至らないだけである。

連日のテストはつらいのであるが、生徒は各々自分の生活行動に合わせて、テスト風景は各自生徒行動の鑑にもとれた。秀才クラスは小馬鹿にしたリラックスぶりで、まだ未練がましくテキストにかじりついている生徒を哀れに見る。少し落ちる上位クラスは彼らを見下げて含み笑いした。成績などどうでもよい生徒は、これも別な意味で泰然としている。この者たちこそ一番他意がなさそうである。始終ゆったりしていて隣り席の者は複雑な気持ちになる。

テスト中にも久雄はデザイナーを考えたりした。彼女は絶妙に額と鼻と頬、そして唇が心地よく調和されているのだった。およそ女優とはかなりの距離があっても、全体で形象されるのは暖かさ穏やかさの無類なかわいらしさなのである。彼は勉強するのが馬鹿らしくなったりする。競争心をもりあげて異性から仰ぎ見られるのも誇りだろうが、果たして彼女をそんな気持ちで見返したりできるのか。相当愚かな歓びである。いつか彼女はいなくなるであろうが、そうすれば彼は勉強が唯一の目的になり、日々成績の優れた者を標的に心魂を注ぐことになる。想像すると学習する行為がわからなくなった。弟は猛勉強だったが久雄に気遣っているらしく、時々久雄の様子を伺うのだった。弟は自分がお姉さんを好いていると決めていて、思案顔だと妙な顔になる。心配の思案顔でもありにっこりした表情でもあるのだ。兄が弟から干渉されるのは嫌うため、暇があっても兄に似た行動をしていると安心するらしい。

すでに十一時になっていた。いつもの静けさが疲れた神経には緊張をもたらし、道路の足音がするよりも学習が進まなかった。

「お前も遅くまでやるのか」

「うん」

「テストでもないんだろう。無理すると後になってばてるから適度にするといい。ミルクでも飲まないか」

「久雄兄さんが欲しいなら飲むよ。でもよすかな」

良二は鉛筆を置いた。布団は敷いてあるのが良二のしきたりだった。そこえ転がるとそのままいびきをかいて寝入った。時計の役割は学習時間だけで、眠ってしまえばあとは母親がその世話をするのである。

弟はいつもであるが兄の機嫌に従い、あと一問解答が残ってもその夜を閉じた。久雄は良二が遠慮しているのは素振りでわかったが、止めると水くさい譲り合いになるため、そうした感情もあって兄は敢えて放任したのである。弟が熟睡すると兄も自然に睡魔に誘われ、冷蔵庫のジュースで胃を刺激するとある程度は頭がさえたが、今度は神経が高ぶって文章を読んでも、同じ行を行き来して進まなかった。そうなるとデザイナーの姿もまとまらず、ピントが狂って映った。仕方なく弟の寝顔にならってテスト学習も放って就寝した。

クラスではスキャンダルの生徒がいた席は欠番になり、空席でも彼女がいた感覚は残り、元からの空席とは違い親しみが倍加されて、彼女が回想されるのである。彼女が指名されていつも正解であったのが甦る。そんなことで彼女はクラス全員に、存在感を焼きつけている。彼女の存在は大きかった。彼女を冷たく疎遠な生徒にしていたとすれば、恥じいるべきである。久雄は彼女を最も理解していたので、その点心を痛めはしない。

点呼の折りに彼女の名が呼ばれる順になると、突然感覚が狂うのさえ覚えて寂しくなった。あるべきものが抜きとられた調子はずれである。彼女が現在どんな身の処しかたを考えているか想像しかねた。彼女が母親となって家庭に腰を据えるのも不思議ではないが、一番望まれるのは彼女の過ちは噂であって、数日して登校する報告があることだった。

テストが四日間にわたって実施されて終わると、生徒達の表情が明るくなるのはいつもである。帰途寄り道が多くなり教室内はなごやかになる。先生も日頃頭にある世間話をする。教訓めいたおしゃべりで自己満足な先生もありで、教室は親密になる息抜きの期間となる。そうなると一人の生徒が際だち、それが退学したあの生徒であった。久雄は彼女のしぐさ一つひとつを覚えている。他の者が歓び興じている間も普段の姿勢で、教室では大体テキストを開いており、無駄話をさけた。休憩時にも机に納まっているのが多い。スタイルは清楚で口は重い。おまけに厳しい顔立ちなので、生徒は男女とも近寄りがたかった。

久雄は昼食をすますとホームルームに残って、四、五人の女生徒と同じ数の男生徒をながめていた。彼らは久雄がまためまいでも始まったのだろうと決めているのか、邪魔しなかった。そこには例の生徒が加わっていた。彼女は明らかに久雄を意識しているのである。絶えず彼女ら同士でしゃべりながら久雄を見るのだった。それに特定の者を前提にしているのが、相手にはわかる。久雄はその男になる。「またか。あいつらは僕が嬉しがってると勝手に決めているのだ。それに弱い男にはどこか悲劇を生む根があるとの先入観である。早合点もいいとこさ。僕を金持ちの息子にしているらしい。話しの材料なのか。それとも彼女のメルヘンチックを満たす相手か」にらんだが彼女は注意をそらした。「あれも信号らしい。僕はそんな趣味はないのに。でもあんたにも僕をまよわす女の性質はある。けれども魅了されるものはない。何かが欠けているのさ。お姉さんの味のようなのがね」

彼は講堂へ逃れた。その生徒には久雄をいら立てる素質がある。そして女性である。講堂はがらんどうで涼しく、屋外が日向ぼっこにも快適なためか、生徒の影はほとんどない。自分を落ちつかせるには格好の場だった。窓ぎわに添って一周するつもりだったが、半周点で「山谷元気ないぞ」と丸顔で背の低い男生徒に呼び止められた。

「めまいか」

「いや、ちょっと来たまでさ。ここいいだろう。静かでいいよ。僕には気持ちいいねえ」

「お前んとこ成増だったろう。俺なんか木場だぞ。スモッグ注意報ってとこだ。それからしたら山谷は毎日避暑地にいるみたいだろう」彼は久雄を演壇のある所まで連れていった。

「まあ、腰かけろよ。テストはどうだった」

「まあねえ」

「ふーん。山谷は秀才だからな。俺はちょっと心配だ。俺なんかは成績はどうだっていい。山谷は進学の準備なんだろう」

久雄が応じないと日頃の考えなのか、国立受験について持論をならべた。久雄は存分にしゃべらせた。気性の良い生徒で久雄と反する性質もあるが、折り合いがあれば長く議論するのである。

「準備はもう始めないと遅れる。山谷だって勉強しないで受かると思わんだろう。ここは予備校でも受験校でもないんだから、やたら構内に成績を貼り付けたりしないが、油断はできない。他校は何度も成績を公表して、競争心をあおっているらしいからな」

久雄はこれにも相槌を打つだけで、自分では積極的に発言しなかった。現実彼はそうした状況にはなかった。

「校庭に行かないか。まだ日向が悪い季節ではないしな。女の子がいておもしろいよ。あいつら楽しくてしようがないんだよ。すぐ意識して男を見る奴がいるよ。行こう」

連れられて下足場に着くとベルだった。

「ついてないな。山谷がまじめだからよ。あんな奴らをかまったってどうと言うことない。運がいいんだよな」

午後は選択科目でその生徒とも分かれた。その生徒は漢文を選んでいた。久雄は古典文学だった。興味本位に選んでいるのである。テキストに興味があると先生も好きになり、授業が高校生である歓びを授けてくれるのである。午後の時間帯は心身の滑らかな活力を伴って、教師の解説は新鮮な血流となって少年に吸収されるのだった。解釈は先生まかせであって、生徒は素直に受け入れていた。気楽で余裕をもって聞いていられるのである。今昔物語抄であったので、二週で一区切りつく作品だった。テキストには注釈が多く予習もすくなくて済み、この科目になると生徒の口数が増えて高校生らしい溌剌とした学習風景になった。他クラスの生徒も入り混じっている。生徒は物語ふうの筋が好きなのか、わかり切った単純な昔話に眠らずに聞いた。

久雄は教師の解説を聞いていなかった。参考書で注釈があるのを読んであった。予習もしてあったので教師から学ぶのは漫談めいた話で間に合った。最近症状が出なかっためまいも注意はしつつ、我慢強く聞き耳は立てていた。すると神経がよそに走り、退学した生徒に移って集中力が散漫になった。

彼女みたいなまじめながら奥底の解らない女、デザイナーでの、表面の美しさとともに内心もあらわれているとみたい女、久雄は考えこんだ。あの生徒が愛情深くデザイナーが薄かったりすれば、女は何で評価すればいいのか。人間性は計るのが無理なのか。あの生徒を尊敬しても異性としてでもある。デザイナーをどう評価すればいい。高校を卒業して短大まで出ていてデザイナーとしても二年の経験がある。久雄たち兄弟とは小学生で、隣りのなじみあるお姉さんだった。

久雄たちはずうっと親しい。だが久雄たちと仲間になって遊んだためしがない。それに彼女はより早く変化をとげ、女らしくなって久雄たちの憧れの人になっているのである。久雄は彼女を母親同様に慕っているけれども、相手は知人として密接になるのは望んでいない。

「お姉さんは違う」

生徒たちの胸のふくらみを凝視してデザイナーとの相違をさぐった。お姉さんには美しさに女のゆとりがある。生徒たちは型にはまった未熟さであやうさがいっぱいある。山で拾うつぼんだ栗、皮をまとったくるみの実である。これを好くには彼もまだ未熟だった。彼女たちのまだ中途にある美しさの真髄を解せないでいるのだった。彼はひたすら事実しかも現実を直視するだけで、空想に走ってしまい確実な本姓ともなる、その女性の開花と果実につながっている美しさに、反応していないのであった。若く未熟なせいであって成熟発展の問題である。

いつしかデザイナーに関心があつまり、授業がおろそかになりがちだった。頭が疲れると空想の世界に彼女が浮遊するのである。古典の時間は陽気に退屈が加わって授業に飽きてきた。他の生徒もいつしか似てきた。かなりまじめな生徒まで瞼が閉じられたりした。家庭で猛勉強してくる生徒である。女生徒が興味を持つ授業風景で、多くはどうでもよい態度であった。テキストは虎の巻で間に合い授業は補助でしかなかった。先生の説明はどうでもよいのである。まあ、聞けばそれなりの価値はあるだろうの位置付けであった。

兄弟の情感

めまいが起きたのは暑い木曜の正午だった。校庭で友達に抱かれて荒い息をしていた。その男生徒は慣れていたのですぐに校医室へ連れていった。校庭を肩越しに左腕を握られて引きずられるのは、久雄に心身の苦痛をあたえた。クラスの者も全校のある生徒たちも、どこかで見ているなら非常に面目ない。

「あら、あなたはいつかの」医務担当の事務員は親切に相手してくれた。

どうも友達とかねての問いかけらしい。その生徒は黙っていた。久雄もだったが「じゃあな」医務担当者にまかせて彼は帰った。医務員は改めて具合を正した。

「めまいなんです。それだけですよ」

「でもあなたはこうして会うと、一年前からになるわね。御両親は丈夫なのでしょう?」

「はい。二人とも」

久雄は答えたくない素振りをした。医務係りもわかってくれて久雄を楽にさせてくれた。その部屋には簡単な棚があり、間に合わせの薬品も具わっていた。彼女は白衣まで着ていた。まるで校医みたいである。そうすると品格もあった。彼女は久雄を簡単なベッドみたいな椅子に横にさせてからは、自らも椅子にかけて冊子を読んだ。薬品の匂いもするところから、いかにも医務室らしかった。久雄はそれでも落ちつかず、いつ始業のベルが鳴り生徒たちのざわつきが耳に入るか、気掛かりだった。ちょっとした発作で病人扱いされるのを知らされた。

「まだすっきりしないけど、大丈夫かね」

ベルが聞こえて医務係に様子を正した。

「あなた次第ね。勉強も大切ですが体もよ」

誰にも忠告される言葉である。背筋に力をこめ上体は起こすが、めまい症状の回復きざしはなかった。自然と前のめりになり、医務員はそれを見守っていた。

「それでは危険ね。休んでなさい。あせるといけないわね。あなた成績はどう？」

久雄は返事しづらくそのままになった。結局ベルも鳴りその次のベルが鳴っても、次の授業がおわるまで医務室で治るのを待った。彼も今回は症状の悪化を察した。

「どう」

「帰ります」萎れていて彼はあと言うことはなかった。

「そうねえ。二年生なら無理しなくても。有名校をねらっているの？」

「いえ」どうでもよいのだが答えた。

「男生徒はえらいわね。大学があるために女生徒にはない重荷を背負っているんですから。でもね、男生徒も、学力だけがその人って訳でもないわ。人の道はたくさんあるのよ」

医務係が任務に相応の言動であるのは認められる。立場上それくらいの忠告はする。

やがて独りで立ち踏ん張ると、爪先から頭のてっぺんまで針金でも通された感覚になった。体の動きが不自由になっている。でも歩けはするので医務員に礼を述べて別れた。

各教室は休憩で騒がしかった。教員室も先生が煙草をふかし、大変くつろいでいた。生徒の前で繕う渋面もそっちのけで語らっていた。

「山谷どうした。頑張れよ。お前も偉くなりたいんだろう」

「先生、そんなむごい励ましは、今時の生徒に相応しくないねえ」ともう一人の先生。そして「そうだろう君。現代に相応しい人間になればそれでいい。どうだ、そうだろう」

「先生もいけないなあ。この生徒はしっかりしている。そうした言葉はこの子をなまらせる」

久雄に向かっては「山谷、騙されるな。お前は優秀だが、そのために気持ちをゆるめてはいかん。だがめまいではなあ。わずらわしい相手だ。十字架を背負うことにでもなるのか」久雄の肩をたたいて早退するのを許した。

教員室を抜ける際には、先生たちが噂するのがよく耳に伝わった。めまいはかえってそうした点には敏感にさせていた。

「あの子は利口そうじゃないか。今時めずらしいタイプだ。わたしらの学生時代を思い出させる。少し変わってるなあ。好ましい生徒ではある」

一番よく聞こえた担任外の先生である。

「あんな子は勉強して学問で生きるのがいい」担任の声である。「面倒でなくていい」も聞きとれた。これらが励ましの言葉なのかどうか、久雄は考えたりしなかった。だが先生たちの観点は別にして、彼には複雑な印象としては残った。よい方にとればけなすよりは誉めている。それにしても安易な言葉で心が安らかにはなっていなかった。彼の小さな世界ではそうだった。どこか押しつけられた堅苦しさなのである。

さて久雄のコンプレックスは、デザイナーに恋人がいるらしい状況で、より駆り立てられた。日曜日定刻に現れなかったばかりか、外出もしないのである。「病気にでも」とすぐ案じたが、数日して異性と伴にしているのを知る。落胆したのは確かだったが、翌日曜には夕刻彼女がそれらしい男を送るのを、庭で垣間見てひどく打ちのめされた。彼女がまた変化したのを喜んではいられなかった。傍観するのがつらく、めまいが盛り返すのだった。何かの行動を起こしたいが、考え及ぶのは勉強するしかないのは彼の性格では明らかであった。

露の季節が明けると暑さが、開けたボイラーの真ん前に立ったすごさになった。ぼーっとして木陰にでも立ちすくみたくなる。そんな中、期末テストがすぐだった。生徒は毎日テストの準備にかかる。英語は毎時間予習の結果を試され、数学、化学もそうだった。久雄は物理は敬遠して科目外であったが、選択している者は小難しい顔でテキスト予習をしているのである。

学期末は久雄も頑張らなければならず、ちょっと早めに用意をはじめた。一年生で受けた圧迫はなくなっている。初年では高校行事を一つずつ階段を上る緊張に、怖れさえあったが、好奇心もあったりして懸命にやれた。そのせいで成績は上位を占めた。今年は二年になったばかりだか、彼は峠をうしろに見る心境だった。

真夏と女性の衣替え季節が一気に訪れ、むき出しの性が目を被う情景を、久雄も車内その他で間近にしていろんな思いが交錯した。いずれも直感で判断し外見に影響されるので、彼の異性感は未熟そのものであった。例えばミニスカート類は性のアッピールに限られた。意は誘惑にしぼられる。逆にパンタロン着衣の女性もいるが、彼には馬鹿げた代物であった。まったく道化である。

折から国内のざわつきは万国博一色であった。日々報道されるのは入場者数〇〇人の万単位数と、その盛況ぶりである。

「兄さん万博行かないの」

「行かない」

「どうして。お父さんは二人で行って来いって言ってる」

久雄がカバンを置くと良二が机を離れて聞いた。弟はもっと意味のある言いようだった。

「僕は行かんよ。友達と愉しんでくればいい。二度とないしな」

良二は落胆しなかった。

「だと、今年も海だね」

「そうするか。それもお前一人では」

久雄はなるべく相手したくなかった。良二に問い返されるのが厭だった。弟は語り合う相手ではないのである。あくまで年下の少年、足手まといであった。

その夜も兄弟は黙々と予習した。弟は順調にはかどるらしく瞳が澄んでいて希望が伺えた。久雄は弟びいきも陰にあるけれど、良二の心情そのままだった。それに反し兄は五分と学習を真剣になしえずに悩んだ。扇風機は冷えた風をなめらかに流していても、うっとうしかった。なおテキストにかじり付くがにらめっこしているのみになる。クラスの女生徒とデザイナーが交互に、美しいと感じたその姿で再現されるのである。「いけない。僕は勉強しているのだ」頬をつねるがその状態にある。兄弟が目覚ましに飲んでいるコーヒーも、その事態を維持するに終わる。学習の進行は停滞、頭は重くなるばかりだった。その度合いも増している。

テストの四日間、久雄は学校で心身ともにすぐれなかった。家庭でもそれは差違がなくゆううつな日を過ごした。良二は兄の様態を心配した。兄はいつもと変わっているのである。良二も信じているお姉さんの行動に異状事態が生じたためと、良二はデザイナーに注意し始めた。しかしその週には彼女の出勤状態も確められず、夕方も姿をつかめないので、兄を悩ましている原因はつかめなかった。良二のテストはまだ先なので、兄の沈んだ境遇に巻き込まれるのを避けて、独り教科書中心の学習に切り替えた。兄はコーヒーを飲む回数が増え、起きている時間も延びた。

口数はもちろん減っていた。

テストは土曜日から開始された。

「山谷大丈夫か。ひどく蒼い」隣り席の生徒が心配してくれた。

「いや、何でもないよ」

次の科目にもであった。

「無理しちゃいかん。お前なんか再試だって、軽くパスする」「馬鹿言うな」かすかな声を久雄は発していた。再試験の経験はないのである。病気でもないのに許せぬ気にはなった。

テストは鉛筆も軽快にはこび、どの科目も早くに解答を書き終えた。疑いたくなる早さだった。でも答えの正否は危うくもある。がむしゃらに解いていた。

弟は夜毎に「何ともない？」と気をつかった。両親も注意してくれたが、久雄には馬の耳に念仏だった。人の体は案外と無理できるのを知っている。誰よりも早く答案用紙を提出して、久雄を淫らにみつめる女生徒をにらんで、内心仕返ししたつもりの心情を家庭で思い返した。

「良二、海水浴はどこがいいかな」

「どうして。休みになってでいいんじゃない」

「テストは普段の成績でいいよ。僕はなんとも思ってない」

良二は兄が猛勉強で疲弊しているのはわかっていた。瞳孔が虚ろになっている。

「あと二日だったよね」そう言わざるをえなかった。兄の学習疲れは明らかだった。期間中は発作が静止していて欲しかった。良二がもっとも心配したのはそれである。その日も良二が先に床へ着いた。久雄は弟が眠っているほうが床に入りやすかった。弟は工夫していて自分も疲れがあり、体裁そこぬけに就寝していた。

水曜日は午前の部で久雄の科目は全部終了だった。あと一時間となればさすがに久雄も、早く開放されたくなった。いくらテキストを読みノートをめくっても、終了後の行動予定はないにもかかわらず、いろいろ考えを巡らせた。今日ぐらいは軟派組にまじって散歩でもと思ったりもした。他方弟が待っている予感も。母がなごやかに語らう日でもある。そんなこんなで道草は頭よりはね除けた。まずは家に帰って熟慮するのが一番である。

「皆、手を置いて」監視の先生が答案用紙を配って注意した。いつもその声に背く者がいないのが常である。生徒はテキスト、ノート、下敷きまで机の奥へ押しやった。鉛筆、消しゴム、ナイフの三つがテストを受ける生徒のしきたりである。

やがて開始される。金属音の響きは不快だが学校側の合図である。もっと丸くて淡い音律もあるだろうに、定まった音で校風にマッチしているらしいのである。生徒も批判しないのでこれで満足した形になるのだろう。久雄はその響きが時流に遅れ、生徒の心を無視した惰性と諦めていた。

「質問があったら今の内にしなさい。訂正はない筈だ」先生は再度試験開始をつげた。歴史であったので気安い顔で答案用紙に対した。いつもそうなのであるが、軽視している科目ほどカンニングが多かった。久雄は各自が魂を腐らせる行為のないことを願った。あと十ないし二十分で科目は最後になるので、生徒たちにはゆとりの表情があった。久雄もそうである。

期待は裏切りになるのだった。冗談をとばし意気にはやる男生徒が、答案用紙をひき抜かれるのを久雄が気付く。「いかん」内心同情する声になっていた。隣の生徒は「何だ」といぶかった。久雄は唾をのみこんだ。その生徒はふてくされながらも席に釘付けとなった。席をはずしたりするのも禁止されているためで、他に逃げ場はないのである。よく不正を働く生徒でもなかろうが、邪魔にならない態度で落ちついてはいる。冗談好きで好感のもてる生徒だったので、久雄はいささか裏切られた。その生徒がはしゃぎ、かつ太っ腹であったのに、テストで答案用紙を奪われるなど、それに対面した久雄とその生徒自身のカンニング容認、いずれにもわびしく悲しい出来事だった。久雄は悪事の事実を抜きに、カンニング生徒のあわれな様に心をうばわれた。彼は力なく机に肘をつけてはいるが、監督の先生をよそ目に、掴んでいる鉛筆をにらむのみだっだった。いつものはつらつしている彼も、この立場では行き詰まりに映る。助けを求めるポーズはない。いつものゆとりは影を薄めつつあるが、海みたいな穏やかさは見え隠れしている。彼は頭脳の鋭さをものともしていなさそうである。「立派だよ。君のくやしさは他人を責めてはいない。

ちょっと元気がないだけさ。わかる。クラスの者は解答に懸命で君によせる情けなどないのさ」

久雄も答案用紙には記憶を絞って埋めねばならない。久雄のくせで始めに解きやすい問題をすませていたので、制限内で解答する自信はあった。少しおくれると彼も焦りを生ずる。早々答案の確認段階にある者もいる。

○×と空欄埋め問題は終わって、あとは考察努力よりも平生の実力で左右される境にあった。いくら考えても昨夜に復習したのでは答えられない。久雄は参考書の記憶をひもといた。古文を引用しての内容は明らかに応用力である。文章は覚えていたが肝心の繋がりが定かでない。正解はあきらめである。「だめか」カンニングの生徒をふたたび見遣ってあきらめだった。ここでも無力感がはびこっていた。残念であるが机から参考書を盗み見する、新たな欲望にはかられなかった。自分には勇気が欠けているので諦められた。カンニングまでしても良い成績を挙げる意欲も、ある面自分にはない能力と受け取れはした。自分は自分で喜べる成績でよい。片隅で成績表の評点に力が抜ける姿、弱さがちらついたけれども、この時にして時間にねばるのもはずかしく、数分あまして鉛筆を放した。

二年生前期テストは無事終了して、久雄はもう帰宅してよかった。ベルが鳴ると肩をたたいたりの笑顔の多くは「どこへ行く」と歓びあった。そうして遊び仲間を誘いあうのである。久雄は独りになっていた。

高校生生活はどの生徒にしても、学習の連続であるのは公私立の区別はない。運動部員にしても彼らが高校生である限り基本となる。久雄は書店に立ち寄り参考書を調べた。買う予定もなかったがたくさんの本に対面していると、学生の意識は自ずとわいた。女生徒も立ち読みしたり多数いた。女の感覚よりも自分が一段高所にいたい感情が先だった。彼女たちは週刊誌も読み、婦人雑誌にも興味を示した。高校生の枠を超えたがっているのがわかる。好奇心とも言えるが普通に見たがっているようだった。女生徒が男子とは違うのを教えられる。当たり前なのに胸にひびく。同一生徒とみなしたくても、生きる基盤が楽しみに彩られている。そんなふうに久雄には受け取れるのである。

女生徒に心を奪われているのでもないが、どうしても高校生意識が女生徒と反発させるのである。意識上ではある。参考書も受験用が全てになって、大学生向き、一般用図書は遠い世界であって影が薄かった。そうした次元に畏敬の念を抱いた。テスト後の空虚な時間は、デザイナーを慕う気持ちが募るばかりであった。彼女を見る機会は平常の日曜日であったのに、それさえ姿がなくなってしまい寂しさはひときわ大きかった。彼女には恋人があって当然であり、彼女の幸福は充実するのである。彼女はもっと美しい様相で逢い引きしているだろう。あの小柄なお姉さんが恋人とからみ合って、街中を行く大人の世界には憧れる。彼はツルゲーネフの『初恋』を読んだ。弟に隠れてである。池袋の図書館で速読してまる三日かかった。しかし感激できなく感想は「つまらない」「ばからしい」「作りごと」の一点ばりだった。恋が非常にあやしくても彼は信じたかった。デザイナーに惚れてはいるけれども、大人にある恋慕ではないのを確信する。彼にお姉さんを我がものにする強情さはない。現実味のある交際プランなどもちろん。異性の美が間近にしたい欲望となって、高校生の自分を超えて彼女と親密な関係を、脳裏に温存させるのである。これに罪悪感はない。実に美しく心が高揚するのである。女性を彼女によって好みに類型化したかった。

答案用紙が採点されて渡され、上位の成績で喜んだ夕刻、彼女は予想に違わず青年と肩をすり寄せ、成増駅へ向かうのを庭先で確認した。久雄は長年見慣れており好いているので、少しも憎めなかった。大人でない自分を悲しんだ。彼女よりも遅く生まれたのを惜しむのみである。でもと彼は考えた。世間には幾才も年上の女性と結婚している人たちがいる。あの先生もそうではないか。先輩の評論家もそうである。俳優は珍しくもない。そうすると並ではないがある一群に属する。久雄は奇異な行状は嫌う。彼女を現実に引きずり降ろすのは、自分を破壊してしまう。きっと名作にある人間模様の真実に打ちのめされると。

彼女が通った路地で恋人らしい残像を追っても、解決先ははるか彼方になる。自分が空想に生き現実離れの浮き草みたいなのははっきりしている。彼女が消えてしまう作用であこがれを覚醒し、美しい彼女に見とれるのみなのだった。堀り下げて考えずとも、彼はそれを望んでいるのである。彼女がもし年下の久雄に現実性で近接し、社会に染まらせるならば、もはや彼はデザイナーを好まにないだろう。

彼女は兄と弟そして本人の、三人いる兄弟娘の一人だった。兄は一流企業の社員で地方にまわされ、親たちと離れて暮らしていた。弟も地方の大学に在学中で、めったに戻らない。いわゆる彼女の家庭は教養の高い家庭である。父親は国家公務員であり、付近では交際範囲は狭かった。久雄が彼女を好きになる要因も彼女の性格プラス、山谷家の無教養に対比される差が、彼女ともに追随したくなる要因であった。

「兄さん、ステレオ聞かない」

「うん、いいなあ」

暑い部屋は扇風機がいくら回っても、暑さはそのままである。「水上の音楽」でも名前だけでもとイメージを想像させる。「ワルツ」で軽快に暑さをふき飛ばす思考も、ただ汗が流れるばかりである。良二は兄がお姉さんの変貌でしょげているのはわかっている。久雄のしおれぶりははげしい。良二もお姉さんのきれいなのはわかっており、兄と大差なく好きである。お姉さんが山谷家の親族であったらと、別な家族を想定してみるのもしばしばである。兄弟が気持では恋人にしているのは確実である。

「兄さん、内は男ばかりでつまらなくない？」

良二は不意に聞いた。

「何を言ってる。どうかしたか」

「ちょっとね。母さんもきのう話してたよ。内は男の子だけで味気ないって。女の子がいるといいらしい」

「どうかしてるよ」

久雄は母もデザイナーを慕っているらしく、自分たちに気づいたのを意識した。すると罪悪感みたいなのに見舞われた。

「お前はどうなんだ。妹がいたらいいと思うのか」

「僕は姉さんがいいねえ。面倒みてもらえるし、僕たちは毎日勉強で頭がこちんこちんだよ。やさしい姉さんがいるといい。だけど勉強には問題だ。どうでもいいんだね」

「馬鹿らしい。まったくおかしいよ」

ステレオが大きくやかましくとも両親はだまっていた。いつもそうである。母は子供たちに従い父には苦情を述べないのである。そのためか子供たちはのびのびしていた。自由なふるまいと言えるだろう。兄弟が幼児からお姉さんを身近に感じているのも、それ故とはなっている。母は型通りの母親で兄弟に安心する場をつくりあげている。それでも兄弟の精神上の相手としては欠ける面があった。一番は教養不足にあった。

「久雄兄さん海に行こう。二人だけでさ。毎年海へ行くけど友達やクラスでだった。僕たちもう子供じゃないんだから、二人だけで行こう。先生がいたりするのは気まずいし、僕たち二人なら思う存分泳げるよ。何たって誰からも束縛されないのがいい」

ステレオのボリュームは低くした。

「だって、まだ休みには日があるじゃないか。大人ぶるなよ。お前はまだ中学じゃないか。高校生だって子供なんだ。僕は良二よりは大人と思うが、僕を僕だけで自由にできるとは考えていない。人は次の段階を目標に、一歩ずつ踏みこえねばならない。僕には大学が待ちかまえている。その次は社会だ。その次は人生さ。その次は親心、その次は無常感かな。こんな考えは高校生になると生まれるんだ。僕はまだ子供さ。ましてお前は」

「そうかなあ。兄さんは僕ぐらいのとき、そうだ、二年前どう考えたの。兄さんはいつまでも指図されなければ行動できんと思った?」

「いいよ、もう」

久雄は遮った。机に腰をすえると参考書に読みふけった。汗を拭きながらも赤線をつけたりして、余裕ぎみに学習した。本当に参考程度だった。参考書はテキストと併用するのが効果ありと、教師から言われていた。

良二もステレオを止めテストの総ざらいをしていた。弟は久雄より優秀であったので、テスト時期にはゆったりしてコーヒーを飲み、頭を休めるのである。

兄弟が前期のテストを終え成績が思惑どおりなので、弟が兄をも考えて誘った海水浴はすぐ実行になった。朝五時には母が起床して準備した。うす明かりの中、台所が騒がしくなって二人は起きざるをえなかった。水泳バッグを調べトランジスタ・ラジオで、天気予報を聞いたりして心構えもした。殊更準備する服装も食べ物もないのだが、母はスタミナのある朝食作りと海での注意事項に気をつかった。父はただ母と子供たちが話すのを聞くに終わった。父親に相応しい情景だった。

万博に大人も子供も流れる真っ盛りであっても、相変わらずの行楽客であった。朝の山手線は座席はうまっており、吊り輪につかまった。海水浴客とわかる青少年たちがおり、ローティーンの女の子が待ちわびてかはしゃいでいる。良二と久雄も身は軽く足も浮きかげんだった。それでも服装は生徒にふさわしく開襟シャツをまじめにまとい、ズボンも普段学校で着るものだった。靴はズックになった。学識とは無縁の母が配慮してくれる、地味で無難な服装になるのである。彼ら兄弟は素直にしたがった。異存など意識外であって、むしろ遅れた服装の若者に誇りさえ抱いた。

新宿発の臨時列車で一路銚子へ走る列車内では、その意識がより掻き立てられた。多くの若者はいかれた着衣の者が多かった。ラフな格好になるのであろう。そうした大学生らしい者もいたが、次の段階とするに値しない相手だった。若い女性ではまともな夏スタイルの人もおり、上品に窓際へ寄り添っていた。小グループでは、彼女らが女子大生とわかる客も乗り合わせていた。

久雄は眠ったふりをしていたために、周りの事実をもの珍しく眺めたのは良二だった。主にエチケットみたいな言動への関心であった。自分たちにも注意は向けていた。兄弟が黙っているので、彼らから話しかけられずにいるのである。久雄兄さんが快活な男なら、車内で一時の友情もわいたであろう。こう弟が評する兄は立派な風格ある少年で、虚弱なのも温厚につながり、痩せ身も健全な姿になり変わるのである。顔の骨格が男性の特徴を擁しているので、表身だけでは病があるかどうかの判断は医者に限られる。良二は一度も兄がお姉さんの噂をするのは聞いていない。しかし惚れているのが事実なのはわかるのである。言動の感触になる。お姉さんが中学生頃二人は通路でも、祭りにも出会っている。中学校に音楽隊が巡回した折りにも、彼女はお姉さんなのでやさしく隣りの子扱いだった。兄はその笑顔に嬉しさで応えていた。高校生になると兄はたまにある偶然の機会を、いかに大切にしているかが、前後の澄んだ瞳としぐさでわかった。

良二はまともな娘さんに会うたびに、兄とお姉さんを連想するのである。海水浴目当ての臨時列車にゆられながら、弟はそれを追っていた。車内に一人か二人でも普通の娘さんがいれば、心は平静でありあとは想像たくましくしていた。それは兄を思うばかりではなく、自由な雰囲気のもと自分でもそうした空気に親しもうとしていた。

電車は快速であったが、照り輝く太陽と若者の騒ぎで速度はおそく感じた、二人は日向に席をとったので、陽光のせいか列車が停止している錯覚にひき込まれた。彼女たちもささやかな行楽ムードに酔っているふうである。良二は学校生活からきり離されそうになった。青空は猛暑を射るごとくであるが障害にはならなかった。夏らしい天空になっているのである。良二はそのエネルギーの旺盛であることを毎年再認するのである。冷房車とは異なり扇風機では、爽快な気分にひたるにはほど遠かった。それも勉強部屋でなじみの温度環境なので、彼は平気だった。車内よりも興味を引かれるのは風景である。いつものハイキングで受ける興奮なのである。再訪であっても観光地は新鮮であり、いつも彼を喜ばして飽きはしない。

車掌が巡回してキップを久雄が差し出すまで、兄弟はずうっとだまっていたのである。佐倉を越えてからは久雄が帰りの時間、昨年行った湘南海岸での遊泳を語ったりして、気持ちは二人も海に頭が先走りし、海岸に着いた興奮気味を顕にしているのだある。

午前十一時近くに列車は到着、そろって海水浴客は犬吠崎まわりのバスに散り、各々海の家に落ちつくのである。ちいさいなりに混雑ぶりは他の行楽地そっくりであった。久雄たちはロッカーに衣服をあずけて、仮仕立ての畳敷きの上でしばらく寝転がった。久雄がすすんでそうしたのである。どうせ良二が休息をとるように促すのはわかり、疲れもあって横になったのだった。客は四、五人、兄弟と同時到着の者と、先に来ていて日陰をもとめて留まっている者とが一緒になった。休んでいる者は年輩の女性だった。歳はその肌に書いてあった。母親の像がそれに重なった。暑苦しい浜風が吹くと久雄は体に響くと思った。「厳しい暑さだよ」良二ははやくもまいり加減を言いたげだあった。

「僕、先に泳ぐかな」

「いや、僕も水につかって砂場で休むよ」

ウィークデーであって、学生、夏期休暇の会社員が多いのか、若者でもティーンエイジャーぐらいの男女が大半だった。家族連れは影がうすい。海岸の形にもよるのだろう、目立つのは若さである。男女のカップル、グループになっているのもある。伏せて砂を抱き、または背にしてころがり大型パラソルで肩を寄り添い、若さの天国になっている。良二は「すごいなあ」歓声をあげる。久雄も「そうだな」同調していた。日曜ならいざしらず、海水浴場でいつも驚くのは人の多さだった。

久雄が準備体操をするのも気まずがっていると、良二が先に胸と頭に海水をかぶるやいなや、泳いでいる人の間をすり抜けて泳いだ。良二は利口な割には大胆な面もあった。スポーツを意外とこなせるのは、そんな性格によるのだろう。久雄は波打ち際で弟の泳ぎを注視しつつも、海水にすねまで浸かるまでだった。「あいつは本当に丈夫だ。いつも僕のいるところでは猫みたいだけど、僕の考えおよばない、勇敢な行いをする。あいつにもちょっとは僕を羨ましがらせる魂胆があるんだろう」余計な推察もしたくなった。ローラースケートもすばしこくすべれるのだが、遊水泳客の間をスケートなみに泳ぎまわり、やがてゆっくり立ち泳ぎの格好で小学生たちが泳ぐ浅瀬に戻った。

「兄さん、冷たいけどいい感じだよ。泳がない。やめられないよ。早くつかりなよ。体がひとりでに浮いて、久雄兄さんだって楽に泳げる。すぐに上がればちっとも疲れないと思うよ」

「そうだなあ、もう少し陽にあたってから入るよ。いいから泳いでな」

「そう？　快適なのに」

がっかりして引き返してもぐり、数秒して七、八メートルはなれた、波がうねりを為しているる陰から頭をだしたのは良二だった。久雄は海水が足元を洗う地点で、そのまま尻を下ろした。砂場は熱すぎたが海水につかると結構つめたかった。ひやりとする腿のあたりも、次第になま暖かい砂地にかわり、汗も冷たい感触になった。移ろう人影と打ち寄せる波の変化に、網膜が受けるそのままにしていた。すると人間らしい生き方は何であるかの疑問が生じ、デザイナーももっと違った人物に映ったりもするのだった。彼の描くお姉さんは童画に似てくる。彼女はもっと身近で現実である筈なのにと。

弟はどこで泳いでいるやら、方向をかえたりしても姿はない。海水浴客は水泳よりも水遊びになっている。友達とはしゃぐ者の叫びが、どちらかというとおおらかで静かな海にかん高く響きわたり、いかにも歓喜にうつつを抜かす光景だった。浮き輪ないしボート型の浮きで戯れる者の、はしゃぐ声がその最たるものである。慣れていない水泳客の女性、泳げない女性の歓声はめずらしさと恐怖感のせいか、久雄には特別にうるさかった。波が荒いので有名な銚子沖の太平洋は、これでも眠れる獅子らしかった。

沖の突端で姫スタイルで浜風を招いている映像は、犬吠崎の灯台で、夏には不向きらしく灼熱の光線と浜砂に、さもしおれた物腰で大洋遠く望遠されるだけである。見張らすにもこの暑さでは風景にみとれる者などいないだろう。

砂浜続きに隆起している丘の稜線も、息詰まる色あせのぼやけになっている。青緑にくっきりする深山の感覚とはまるっきり違っている。みるからに心地よい山風を胸に抱く景色とはかけ離れている。海へ来ているのであるから、海を快適に思うしかないのである。それ以上を求めるのは間違いだった。視界にあるのはそれだけである。

夏の海は屋台店と裸、裸、裸である。単純な遊びにたわむれ、カラフル海辺に太陽光線である。久雄は退屈だった。承知で訪れるのであるが、今年も受ける感情はいつもの不足感だった。海辺の行事もしきたりも、年月を引き継ぐにまかせているらしい。

再度良二が近くに戻ったので、久雄は砂浜から一歩一歩沖へ進んだ。へそのあたりまで海水につかると、逆に冷たさがなくなった。胸を越えるとまた冷たくなった。

「どう、大丈夫？」ぐるりと泳いで良二が尋ねた。

「まだ、海中でめまいしたためしはないしな」

「そうだった。今日は水温も適度だし絶好だよ、兄さん」

「ようし、泳ぐかな」

泳ぎは小学生で覚えたので、泳ぐには苦労しない。力まなくも周りの者なみには泳げた。肩が隠れる深さで動きをやめた。水垢なのかなめらかな海底に足が着き、あとはじっとしていた。

「やっぱり駄目？」弟が数メートルはなれた深いところで、泳ぎながら言った。

「気力がないよ。良二が存分に愉しめばそれでいいよ。お前のためだよ。一人では孤独になるかな。そうでもないだろう」

「全然」

「うん。良二は家にいても僕とは別だからな。一緒だってどうなるでもないよ。飽きるまで遊ぶといい。そう何度も来れるわけでもない。僕は上がるよ」

あたりで三人がビーチボールで遊びに夢中だったが、兄弟の会話ははっきり聞こえたろう。それでも久雄は兄弟の普段にある会話ぶりだった。

余裕の面積を確保するのは大変だったが、二人が寝そべって日焼けする砂場は確保された。久雄はツバのひろい帽子で直射光は遮っていて、ビニールのマットを敷いて上がると落ちついた。

強烈な熱射は体じゅうで体感された。両隣りの男女組は泳ぎ疲れているのだろう、横たわっている体は日焼け止めに懸命らしくオイルが皮膚で鱗状に輝いている。男も女も浜の輝きと焼け付く太陽に、青春の全てをさらけている有様となっている。良二は場所を定めるとまっすぐ海であったので、久雄がまた一人留守役になった。汗と熱射に対するのは久雄にとってかなり負担で、呼吸もしづらかった。犬の早い呼吸を連想し、あやかりたくなる。砂をいじるのは億劫だった。午前中なのに眠気には人並みを超えて襲われた。

こうして二十分も経ったろうか良二の顔である。

「兄さん、友達出来ちゃったよ」良二は笑顔でビニールマットに仰向けになる。

「誰と。こんなところで話していたって？　じゃあ泳がずに名前紹介したりしてかい」

「そうなるかな。僕が泳いでいると向こうから話し相手になりたがっているんで、そうしただけだよ。四、五人いて中学生と高校生なんだ。女ばかりなんでもの足りないらしい」これを聞く隣りの女性は二人を見てにやり反応する。久雄はそれに気づくが、良二は自分の語りに夢中で声もひそめずに続けた。

「あの子たちこの土地の者らしいよ。ひどく僕のことを聞きたがるんだ。それは僕が東京から来ているとと明かしてからだ。中学か高校か、東京のどの辺りか、東京はいつから夏休みかなんてさ。しきりに質問したねえ。でも印象はいいんだ。第一威張らないし仲間にしたがっているんだよ。

僕が一人で泳いでいるせいなんだ。それで兄さんを教えると、連れていらっしゃいだと」

久雄は良二が自分たちの部屋にいる意識なのを諌めたかったが、体裁も悪く聞きながした。良二が上機嫌なのにもよる。

「それで何と答えた？」

「今に現れるから紹介すると言ってやったよ」

「そうしたら」苛立った。

「ただ笑って、この人は高校生よって、おっとりして背の高い女の子を指さし、わたし達も中学と高校生って名乗った。是非会いたいのお世辞もだよ」

久雄はあとは耳にしたがらなかった。

正午はすぐであった。良二が筋肉の疲れもあり、腹を満たして回復したいと屋台店に急いだので、久雄は兄らしく暑さを我慢していると、近くの男女が「具合悪くありません？」と心配するのである。「いえ」あわてて普段を装おうとしたが、真にまいっていてぎこちなかった。反対側の無口だったカップルまで注視した。他人もが気になるとすれば、実にいづらいと彼は弟が遅いのに腹立たしくなった。海水用バッグを点検したりして、戻り次第位置を変えるなり、移動をかんがえた。まわりの客ははにかむ少年を余計にかまうつもりなどはない。

一組の女は食べ物を買いに屋台店へ抜けていった。波打ち際まで辺りはおにぎりをかじる者、麺類をそそる者らで昼食時だった。

「あんな所にもあの子達来ていたよ」

「遅いじゃないか」

久雄は弟が偶然知りあった者について語ろうとするのを、強く遮った。彼は待ち遠しさを如実に顕してその場を立ち去ろうとする。

「つらいの？　ゆっくり休んできていいよ。僕はここで休んでいる。昼寝かな」

だがすぐに言い直す。

「そうだね、場所を変えよう」

良二は兄の言うなりになった。めまいの発作で倒れるのが怖いのである。兄の体調がすぐれないらしいのが惜しまれた。砂を払い敷物を持つと帰り支度みたいになった。

二人はまっすぐ休憩所に上がり、そこでも自分達の休む場を確保し、以後の行動を考えた。久雄はしばらくそこで寝ると告げ、良二に泳いでくるよう命じた。弟が残念がるのはわかるのである。

「まず、昼食とったらどう」

注文してくるとまで勧めるが、久雄は拒んだ。あまりしつこく兄を気遣うので、結果は兄が独り先に天丼を、海の家食堂でとることになった。すると間もなくして女を連れた良二が入ってきた。久雄は驚きとともにそれが例の女と察した。

「お兄さんですの」

「はい」久雄は仕方なく返事した。彼女らが普通の生徒であった理由もある。でも水着で対面するのは学生でも馴染めなかった。ほめたりのうまい文句を述べる相手には、疑いたくなるのである。彼女たちが無知であるせいにした。

「何かとるかい」そう誘ったのは良二である。

「わたし達注文するわ。こんなに居るんですも、心配ご無用。でもどうしようかしら。お兄さんに悪いわ」

それは久雄がいかめしい男であった訳ではない。彼は心身ともにスマートな男である。逆に意外と利口そうであったためである。彼女らはグループで席を占めるのはよした。久雄は「いいですよ」譲歩したかったが、勇気に欠けていた。他方どうでもよいのである。

「僕はすぐに行くよ。海の中で一緒になれたら、また話そう」良二の両者間のきずまりを軽くする挟み文句だった。彼女達は悪びれず食堂をさった。突然現れて目的とてなく引き返す彼女らは、軽率な者たちらしい。久雄はここにも似た者たちがいる心情が起こり、後姿だけは脳裏に納めた。彼女らと入れ替わりに女給が注文の品を、テーブルに載せてくれた。夏だけの営業であるのに、年中ここに勤める物腰である。他のシーズンは訪れていないが、どこで働いているのだろうと、うたがったりして気分は少し値引きしたかった。食堂はプレハブ造りながら細工が巧みで、レストランにいる空気がみなぎっている。海で一時しのぎをするにしては、植木鉢まで設置され上等であって、内装は完璧に近いのである。おまけに音楽までサービスがゆき届いている。良い休憩所を選んだのを嬉しがった。お客にも荒くれ男みたいなのもいない。恋人らしい若者がおおい。大型であか抜けしているので選んだまでなのだが、考えてみると料金は高く、食事中のお客もどことなく容姿も金銭のゆとりが窺えた。

設計のうまさもあった。中二階の造りの食堂が海を眺望できる位置にあり、外階段より砂浜へ降りられ、逆に昇って入る客もあった。これは湘南地域のビーチセンターを小型にした、簡易センターになっている。裸である彼ら海水浴客は、海の家を充分味わっている様子で、大規模の休憩所に匹敵する効果が認められる。型にはまった海の家よりも家族的である。久雄も好感がもてた。

テラスで良二がいるかどうか探すと、女達がそろって直射日光をあびて話していた。彼女達が占拠しているかたちで、狭いテラスは満杯だった。この浜辺で海の家テラスで休む必要はなさそうだが。普通の客は簡素な海の家で衣服を預け、あとは砂原と海水で戯れている。久雄も本質ではそれに属している。テラスの女達は例の女たちとわかった。久雄は尻込みしてその場を離れた。それでも良二がどこにいるか確かめたかったけれど、聞くのはよした。

　他の海の家よりも後方に位置した建物の、脱衣場兼休憩場をうろついても弟にあえず、今度は外側の階段を昇って、彼女達に意をきめて聞くつもりだった。とグループの一人が「弟さん探してるの？」と大きい声で呼ぶので「知っているんですか」止まって聞き返した。

「お兄さんに知らせなかったの？　わたし達には言ってったわよ。あのね」そこで他の二人が口を閉ざしたので会話が途切れた。

「どこなんですか。いつか戻ると思うけど、砂場の位置を決めたいんでね」

「今降りて行くわよ」別のきかなそうなのが身をのりだした。

　彼女らは結局良二の居場所を、久雄が一緒について行く行動になるまで、言い渋った。その意図するのがこちらでわかるので、はがゆかった。

「わかったよ。案内してくれる。僕は泳ぎが下手であるし、体も弱いほうさ。あんた達に迷惑なのでこうしてる。あとで幻滅なんて言われたくないしね。競うのがきらいさ。これも弱いせいだね。口論も」

　まじめに述べた。そうするのが彼女らに効果あるとにらんだのである。女の子は互いに合図しあった。

「深刻に考えないで。どっちみち泳いで過ごすんでしょう」またきかない子である。痩せていて男っぽい。

女たちはわれ先に人垣をかき分けて、まず波打ち際に急ぎ、湿った砂を踏んで二十メートルくらい脇にそれた所で、待っていた者に会う。

「退屈した？」皆が聞くと「ちっとも」彼女は砂にうつ伏せのままである。彼女も大変人慣れした子である。意味のある女とわかるのはまだ救われた。

その女を含めグループは六人であった。

「どう、よかったらここに持ち物置いて泳がない」彼女らの陣取り場なのである。それに、ここには良二のバッグがある。弟が借りているならば、断りづらくなった。目的もなくなっている。彼女たちに弟を叱る文句をならべてみても、わざとらしく笑われるのが落ちなので避けた。彼女らの指図に従おうと決めた。軽はずみで軌道をそれた行動とは思っている。何しろ彼女らは今日はじめて接触する異性である。それにおてんばであるのも事実。安全弁は広い海と時間帯になる。まあ健康でガラス張りになる。不良グループにしても、悪の芽を延ばすよりも存分に遊び、日焼けする効用を選ぶだろう。彼女らが非行グループかは不明であるが、夏の太陽をたっぷりあびたがっているのを、久雄は信じたかった。

「すぐ泳ごう。弟はどの辺りにいるのかねえ」

女の中で休んだりしたくなかった。海辺の砂で戯れても普通の情景なのだが、久雄には無理な領域だった。彼女たちの肉体にも彼をゆさぶる異性のアッピールがあった。たんなる学生を超えるもがあった。それだから萎縮もするのである。成長した体が彼女たちの意識を超えて、先走っているのである。彼が気楽に同調して享楽にふけるのを拒む、大きな理由になった。

久雄は連れられて二人を残して海につかるのだか、その考えは維持していた。その中の一人と肩が触れたりすれば、その声と表情までもが級友と重なって、むき出しの肌は級友のに替わろうとする。それでも彼女たちと級友は区別された。

良二は彼女らの案内した水面を泳いでいて、久雄に気づいても離れて泳いだ。そのグループは弟の周囲にあつまるでもなく、久雄の近辺をかたまって泳ぎはしゃいだ。その様子は実に若かった。幼いの表現が相当であろう。いづれも泳ぎがうまく、潜ったり逆さまになったりだった。久雄たちの仲間入りでグループでは新顔に接する興味が増したらしく、久雄ら兄弟に自分たちの泳ぎその他の、性格までも顕示したがっている形になった。その証拠に目が輝いており浮き立っているのである。久雄は関心こそあれ、なるべく考えたくなかった。少しでも離れて過ごしたいのである。良二までどうしたか一人で泳いでいるのでおもしろくなかった。「弟はあなた達とずうっと泳いでいたのではないのですか」幾分高校生らしい子に聞いてみた。「そうなんです。あの子大半一人で泳いでいたわね」これで兄に教えたのは大げさだったのが明らかだった。弟は平気で女生徒から年賀状をもらったりする男だった。一緒に泳いでいた予測もあの裸体で躊躇の姿に変わり、まじめな弟の意気地なしにふくみ笑いした。久雄は弟をよんだ。「どうしてそんなところで泳いでいるのよ。こちらで泳いだらいいじゃないか。僕はこの人たちに居るのを知らされたんだ」するとグループの者たちは、自分らが呼んだので好きにさせればいいの諭しだった。久雄は弟と泳いだ。していると彼女たちも共に戯れた。ところで久雄の体力は水中に居つづけるには限界であった。脳天が気分をこわす不愉快そのもので、それは熱のせいでもある。海水の流れが冷たく肌に刺激すると、もう異常の信号であるのは経験でわかった。

「良二、休憩所でまってるからな。用があったらあそこへ来るといい。特になければみんなと泳いだり砂場でやすむといいよ」

弟は不安なので上がると同調しかかったけれど、久雄が彼女らの手前もあり、余りつっけんどんのため残るように告げた。良二はそれで女たちと泳いだ。彼女らも少し虚弱で上品な兄であるのを認めて、そのままにし相変わらずはしゃいだ。兄は我が身を案ずるのが先で、彼女たちがどう行動するかまで配慮する余裕がなかった。熱い潮風も浜辺のお客もどうでもよくなっていた。畳敷きが突然足元に広げられる期待がさっと頭の中をかすめた。こんなに近くにある休憩所が、遠くにある山小屋みたいである。苦痛がいかに判断を狂わせるか、今更ながら悟って家庭でくつろげる幸福な日々に感謝した。

畳は彼を癒してくれた。めまいの発作は例年海では起こらず、今年もそうだった。周囲の人たちも彼の様子を遊泳の疲れとみているのだろう、様態については当たらずさわらずだった。それで気楽であり自分だけで鈍痛ぎみの頭が回復するのを待った。お客もそこに居る者は日陰をもとめてらしく、泳ぎ疲れもあるのだろう、体調を整えているらしい。そのため皆おとなしい。ここにも若い男女である。彼はどうしても彼らに関心をもった。いつもの仲間であろうのに楽しく語らい、食べ、髪をなでたり手をとり合ったり、相手をなぐさめてもいるようなのだ。そうした行為は彼を著しく混迷させた。彼らはどこか拘束なしの野放し犬みたいである。衣服をまとっても小汚い。最悪に投影すると地の果てに辿り着いた放浪者か罪人である。ある種ロマンかもしれないが、少年の夢ではない。彼は戦慄を覚えた。顔をそむけるのが得策である。目をつむると昼食が消化中でいつもの眠気がやってきた。海の家と浜辺全体によって起こるざわつきは、それでも彼を生きている歓びにいざなった。学校や社会に生きている自己認識みたいなものだった。

兄が上がって良二は彼女らと離ればなれに泳ぎ、あるいは共にはしゃいだ。彼はその仲間と違った感情になるのは隠せず、冗談にも気遣いがあった。そんな中で良二の興味を引いたのは、彼女らが今後仲間になりたがっている兆候である。中学生であるおちゃめな子はもっとも好意を示した。泳ぎ疲れで水中に立ち泳ぎしているとにっこりして言った。

「兄弟は何人いるの」

「僕らは二人さ、さっきの兄と。それでどうなの」

「わたしね、学校でペンフレンドの会に入っているの。それで、いっちゃおうかな」ためらってえくぼをもっとはっきりさせた。

「あなたにもその仲間になってもらいたいの。もちろん離れた地域の人でいいの。山谷さんは東京でしょう。わたしは銚子だわ。それがいいの。あんまり近くでは面白くない。写真も同じで話題まで同一なんて」

「じゃあ、ぼくはあなたの遊び相手だね」

「そう皮肉らないで。わたし達はちっとも悪気はないの。遠いと感じがでるのよ。離れていて話しができるなんて、すてきじゃない。わたし達はそれだけね。目的もないのよ。それで誘うの。推薦になるのかな」

「なってあげてもいい」

　良二はその子と砂浜で住所を教え合った。そうなると親しさがまし幾度か手足が触れる場面もあった。それだけ双方が打ちとけるのである。良二はおかしかったがその子は真顔になった。でもさっぱりした気持ちだった。語らいは素直だった。勉強の話題でつまずいても彼女は臆せず話した。好き嫌いの別、学校教材の差違にも及んでいた。彼女は闊達になっていた。良二が困ったのは、中学生なのにませていて詩を作り、小説を呼んでいる女にあった。

「恥ずかしいけど、詩なんてわからないね。そんなのを作っているなんて、すごいじゃないか。それはどうしてだい」意地悪とはおもったが相手が得意になっているので聞いた。

「寂しいからよ」

「そう？　まだ中学生じゃない。どうしてだい」

「どうしてって。例えばよ。山へ行ったら家を忘れ、友達だって居ない思いになったりしない？　そうすると自分だけの声を書き残したくなるの」

「わからないね。僕は駄目みたいだ。そんな場合僕なら体を動かしたり歌を唱う」

「そうよ。それが書きたいのと同じよ。あなたも作るといいわ。とっても楽しいわよ。それに偉くなったみたいよ。それと余計な考えが吹っ飛ぶわよ。わたし達の仲間がわたしと同じだったりしない？　逆に山谷さんみたいな人が多いんじゃない」

　彼女は重い海水に背を載せて、可愛いからだをぷかぷか浮かせた。すばらしい空と述べ我が身を舟にたとえた。彼女は本当に愛らしかった。それでも彼女の幻想をまねたり、詩作の心を呼び醒ますのはできなかった。千葉県でも彼女には訛がなかった。田舎びた表情もである。良二はなんのけれん味もなかった。他の子たちにも彼は抵抗がなかった。浜辺で彼はその仲間を特別に相手とするでもなく、スマートに海辺の午後を、肌を焼け尽さぬばかりに直射光をあびていた。女が多すぎ加減ではあるけれど、毎日兄とやや陰気に暮らす彼には、別天地となった。女たちの開けっ広げな態度にあらためて認識を持った。女はやはり世界が違うと、個々にあるいはグループでもって観察した。強い陽差しは女性の乳房、腰回りの海水着を避けて素肌部分を占領するすさまじさである。海水から上がる度の水滴は即蒸発する光景である。微風が地上をまうとしばしば肌の日焼けどめなのか、独特のにおいが鼻をつく。良二は息詰まり鼻先をさすったりする。彼女たちはその所作を目にしても平気だった。

良二はそのグループよりも多く泳いでいたので、かならずしも海水浴の風俗に親しむのはそのグループのみではなかった。彼が幼く映るのか、周りの者たちは彼の奔放なふるまいも見逃し、対する儀礼の言葉も皆無であった。泳ぎまくると混んでいて水着に指が触れたり、脚がぶつかることもあった。彼も当てられたりしたが、互いに電車内の謝り程度であった。

詩作する子とは一、二度並んで泳いだ。彼女は敏捷でいつの間にか脇にいたのである。泳ぎは知っている程度だが動作が早い。彼女は東京が楽しいところか質問した。繰り返してもいた。良二は環境が悪いに留めた。公害があり行楽地が多くて、詩作とは無縁と答えた。詩は田舎や山川で作る先入観によるのである。学校で習う大半が自然を唱った詩歌のせいだった。

「都会が好きなのかい」浅瀬できいた。

「どうかしら。ただ何でも知りたいの」

「そう。もし好きなら都会の男子はどうと、聞こうとしたんだよ」

「あら、わたし、一人文通してる人いるわ。でもあの人は田舎が好きなんですって。それでどこかへ旅行するって手紙くれた。それだから東京についてわかんない。どうして都会が嫌いなのかもよ」

彼女は会話が乗ったあたりで遠ざかってしまった。彼女は利口な女にしておいた。良二は手を取り合ったりに至らず終いになるのを願っていた。ぼっちゃりした顔で口元がかわいくて品があった。笑うと大人っぽくもあったが、典型的な少女タイプである。良二は心の奥では友達にしたかった。違った世界が開けるのでは。それにいつもデザイナーを慕って浮かぬ顔の兄に照らしてみて、ヒントも潜んでいるのではないか。

「遠田さん、あんたはゆううつな高校生は嫌いかい」

相手は怪訝な表情をした。そんな男子がいると告げるのに対し、会わなければ解らないの返事が返ってきた。

「それじゃあ、好きな男いるのかい。率直に聞きたいよ」

「いないわ。わたし達そんな気持ちになるのが嫌いなの。だってわたし達子供でしょう。あの人たちには居る子もね。そうねえ、どうかしら。わたしは考えたくない。恋するなんてわたし達はっきりしないのよ。それを想像したりって程度よ。詠うのよペンでもって」

「では遠田さんは男の子の手を、握ったこともないの」

すばやくその子は海面を泳いだ。距離がついた。彼も泳いだ。太陽は傾きかけグループの者たちは上がっていた。そこに居るのは二人になった。すぐに追いつき彼は聞きつづけた。

「遠田さんはあの人達とどんな関係なの」

「ただの友達よ。クラスメートでもないわ。近くなのと、そうやっぱり友達よね。ほかに何もないわ。わたし達はあっさりしているの。山谷さんのように恋とか語るのは性に合わない人たちよ」

でも良二は偽りと決めつけた。その子には彼に対しても親しさの情がこもっている。良二はぎくりとした。彼女が別人になっており、打ち解け合うのがまずい事態にある。久雄兄さんがデザイナーにまいっているのは、こんな境遇にあるのか頭に閃くのだった。姉さんが数段器量好しで大人、魅力いっぱいなのはよく解っている。男はだれでも女にまどわされる生き物らしい。少年の心臓は高鳴った。

「さっき住所を教えたけど、本当に手紙くれるつもり？」自然と確かめたかった。

「本当よ。だって嘘じゃないのでしょう。これまでそんな教え方した人いないわ。わたし達はまじめに手紙をやりとりしているの。誰にも遠慮せず邪魔もされなわ。ペンフレンドって美しい交際よ。顔も知らないのに友達でいられるんだから、純粋よ。そうでなくてはならないの」

「あなたは随分大きな心なんですね。相手の人がどう思ってるかは問題じゃないんだね。でもなあ、相手と関係なしに好きになっていたり、考え込んでるのはどうなんだろう。これも美しいのかねえ」

「片思いでしょう。いやーねえ。わたし達そんなのじゃないって言ったでしょう」

とにかく深入りはしなかった。あくまで海水浴客同志の立ち話であった。住所を砂の上に書いたのがせめてもの友情であった。良二は接近した相手なので打ち明け合った女性として、女の考えをもっと探りたかったが、失敗で彼女のペースにはまっていた。でも彼は初めて未知の人に友情が芽生えた経験で、視野が広まっていた。

仲間の者たちと別れて休憩所に帰っても、兄はまだ寝ていた。泳ぐ余裕を失っており良二が帰り支度にかかっても脇に尻をつけたままであった。

兄弟はようやく食堂で意のかよった会話となり、引き上げる気になった。久雄は疲れと具合のわるさで沈みがち、良二は女たちと遊んだのでそれに比べて明るかった。それ故に兄を刺激したくなかった。

久雄は弟がグループと長らく遊び、その一人の名前遠田まで公言するのには驚いた。弟は海で心構えの足元をさらわれたのではないか疑った。久雄にも寛大にさせられる要因が海にはあったが、弟はその環境に飲まれたらしい。デザイナーが頭にあるので久雄は寡黙に報告に耳を傾けていた。まだそこにいるらしい海辺をながめた。

「で、お前はその子が好きになったのか」

弟は否定した。

「ただ遊んだだけだよ。ぽつんといるのもつまらないだろう。あの子たちはくだらないよ。僕にはわかる。兄さんも聞いていてそう思ったろう。僕たちにはあくまで他人だよ」兄のそばにいれば、こう答えるのが一番だった。どうせ兄はそうした言葉のやりとりは嫌いであり、渋顔になるだろう。

兄弟は軽食をすませるとロッカーから衣類を出して早々と着替えた。時計の針は三時を少し回っていた。まだ客は相当残っているが、早いお客は帰ったもようでロッカーも空いたのが目立った。夏の日長も遠くからでは、帰途を計算にいれる必要があるだろう。久雄は弟はまだ不足だろうけれどそうした。良二は反対も苦情も述べないのが常であり、今日もそうであった。

良二は支度が終わっても彼女たちが現れそうでならず、警戒するがそのままだった。

兄弟は兄の提案で灯台をめぐり、展望台にも登った。さすがにながめは良かった。犬吠の海は夏でも白波がはっきりしていた。そして蒼くいかにも太洋を背にしている雄大さである。日帰り旅行の経験もあったが、あの頃は珍しさがすべてでいまの感慨とは違っていた。単に叫んだり食べたりのが浮かぶに終わってしまう。

「お前ははじめてかな」

「うん。だからすばらしいよ。あんな女たちと一緒だったのがおかしいくらいだ。いいなあ海って」

「もう一度来たいか」良二が嘘を言っているらしいので聞いた。弟は間が悪く改まって兄を見返した。互いにわだかまりが生じたみたいで、しばし話しづらくて視線をはずした。塩水の生臭い空気が鼻をとおり瞬時の息詰まりがあった。久雄がより影響された。「海が美しいって？」久雄が咳払いした。山も生きているが海はもっと生き物の匂いがして、自分を考えさせられる威圧感があった。

「お前、女の友達が欲しいんだろう」

展望台の外階段下りしなであった。

「いや」それは短く低かった。

その後バスに乗るまで時間はあったが、あのグループの姿はなかった。良二は心の隅で一点の明かりを見たかったが、兄は他の誰からも混乱しているこの日に邪魔されたくなかった。黙って弟と帰るのが望みで、女も名前もすべて捨て去りたかった。脳の働きにも精神にも、体力などもっと効果があったとはならない一日になった。ましてあの仲間におせっかいをやかれるのなど。愚かで不良で不器量……いらだちが持続した。彼女たちは女の愚かさをはじらいもなくさらけた。過去にあった苦い経験をかき集められたのである。弟の馬鹿さ加減を警告したかった。彼女らにも弟を慰めるものがあったすると、最初の説明に聞き入りはしたが、もう乗客のあつかましいのに触れるにつけ、彼女らは浜の悪女ではなかったか、そこら中の我が身をつねって試したくなった。

成人美女への憧れ

秋は結婚シーズンでもあるらしく、ここ成増でもそうであって山谷家のある旭町でも、数組の夫婦がめでたく祝宴を上げたのは久雄たちも知っていた。兄弟の生活は夏のプールがそちこちで閉鎖され、新学期の始まりになった。通路は長年つづく白と紺色の女子学生スタイルが闊歩する、九月の到来にもなるのである。万国博覧会もあと幾日になり、新聞、テレビは売り上げの報告やら、今後の施設利用方針が報道されるころになった。良二は級友と万国博の見学を実行した。アルバイトもしない中学生の弟には贅沢だったが、割引もあって労働者である父の収入に頼る家計にも影響せず、実行されたのである。

日焼けした弟と、はっきりしない日焼けの色合いのまま新学期を迎えた兄とでは、健康ならびに精神上の隔たりがあった。学習態度は優れ、成績もよいのだがすぐに追いつき肩を並べるのが、例年の良二なのである。弟は二学期末にはいつもクラスで一、二番の成績になっているのである。久雄は頑張っても四、五番である。この差は近いが学力差の受験では、合否を決める格差になる。久雄は弟の実力を認めている。その力は高校へ進学してもまかり通るだろう。好条件もあってそれは競争心をあおる優秀な生徒と組んでいる環境にもある。

学習と夏ばて、夏負けにもなっている久雄と、健康な良二との対照は、同じ血が流れていても著しかった。だから、と他人は言いたいであろう。兄弟が最も親しさを自分の胸に抱いている姉さんが、結婚したと周囲から知らされた衝撃は両者にそれぞれ大きかった。

久雄はだまりがちになった。ハイキングは一人であった。それもハイキングになるかどうか、弟にも知らさず日曜日には軽装で、早朝に外出した。良二もその日曜日には池袋へ出て繁華街をうろついた。帰った二人が部屋で語るのは季節事情におわった。兄は風景が紅葉づかず人をいらつかせると述べ、疲れた坂道、乗客の不作法をくどいた。良二まで中学生らしくない不満を語った。彼は街中の不愉快な者たちを「あの人たちは僕らの仲間にはならないし、滑稽だよ」と苦言とあきらめだった。良二は兄が「では僕らはどんな人や状況を望むんだ」と問うのを待ったが、久雄はいつもの習慣のまま参考書で、自分の殻に閉じこもるのである。しかし本に向かっているが気抜けていた。弟が好きな絵画集を手にしたり、趣味の自動車模型をいじるのを、漠然と見入るのもたまにはあった。弟がより人間性豊かではないのか。じっくりみつめたりもするのである。弟が学習する段になると、そこでも模範生みたいで、海であのグループが弟の周りを占めて遊んだのは、弟の真価ではないのか。考えさせられ反省もする。

「おい」突然呼んでいた。

すなおな良二はまともに気持ちよく応じた。それでも久雄は、お前は僕をまともに受け止めていないと言いたげだった。あの彼女たちが弟の頭に残っているのではないか、海辺の情景とともに甦った。すると久雄もあの子たちに愛情に似た感情があったと、口ずさみたかった。良二は察して素っ頓狂に兄を見た。

「手紙書いたのか」
「あの子に？」弟には勘がはたらいた。
「馬鹿馬鹿しくてさ、返事などしてない」
「そんな大人くさいこと言うなよ。書いてみなよ。お前の役にたつかしれない。あの女はいい。そう思ったのさ。僕はふと感じたんだ」

そう述べる久雄は半分眠っていた。良二はおかしかった。兄には不相応だからである。久雄は毎日自分を壺の中へ完全に閉じこめる努力をした。例えば違うけれどもアラビアンナイトだったか、悪玉を壺にだまし入れるそれである。デザイナーにとり付いている邪気である。少年の彼には仏教の教えにも無垢であって、心のわだかまりのまま悩んだ。彼はデザイナーたちの姿を垣間見るたびに、自分をその男と代えたくなるのである。それは同伴を超え彼女を追随させたいのである。いわゆる背伸び願望である。

久雄はデザイナーが結婚したのは現実であり、ある男と戯れているのも現実であるのを受け入れてはいる。彼女が彼の想定するあこがれの女性、幻とも思ってはいない。台所にもはまっている女であるのは確か。すべてが世間にある習俗であるのは認めるのだが、唯一彼女が未だにお姉さんであるのは否定しがたかった。

暫し久雄はお姉さんに会う機会はなかった。彼女の生活に異変が起きているのは確かである。

彼からすればデザイナーは日曜日に通りを成増へ歩いていなければならない。そうして彼の網膜に油絵の進行に準じて一筆ごとあざやかにならねばならない。彼は痺れを切らして彼女の家前まで歩をのばしたりした。彼女の家族は現在両親と三人である。いつもどおり無人と疑う門構えである。表札はあるものの雨風にさらされて文字はかすれている。戸には鈴がかかっているけれど錆びている。だが彼にはとても高貴に映るのだった。それには彼らを見下す風情も、近寄りがたい格式とてないのである。豪華な邸宅は見ているけれども、それらが羨ましいとは思わない。彼は皮肉を吐きたくもなるのであり、そんな富豪の家は記憶するのも拒みたかった。そう心がけている。

彼がそれとなく回って白子に行くと、バス停であり諸々の商店になる。いつもの騒音と主婦の買い物客である。インクとチョコレートを買い求めて食事のために戻るのだか、デザイナーには会わずますます遠ざかる寂しさがつのった。

良二には久雄のしおれぶりが一番衝撃であった。女は花の散るさびしさ様の残像を持ちあわせるのを知らされた。一人の女性に一定のライトを当てていた経験と、それによる女への考え方の成長を実感させられた。お姉さんは親しさとやさしさ、兄との不思議な関係に尽きるのであるけれど、今となっては後者にひどく焦点が絞られるのである。

兄弟がお姉さんに会うのはやはり日曜日だった。庭先でクラッシックを聞き、虫かごをのぞいているると、彼らを指差しながら語らい行く連れがあった。真っ白なドレスの女と、流行の長い髪にくずれたセーターをまとう青年である。腕こそ組んではいないが、まさにその二人はそうするであろうと想するに余りある、相愛の二人連れであった。久雄は見慣れていてすぐに彼女とわかった。美しさによってもそうである。彼女の面立ちからくる接近したくなる興奮、身のこなしのしなやかさと調和、面形もそうであるが調和から生まれる和合の美しさなのである。美しい描写中の絵にもう一筆加えられようとしているのである。相手の心を奪うものがある。その絵に引き付けられそうになるのは当然であった。絵に触れ言葉もはきたくなる。

連れは何か話していても、兄弟に聞こえるのは自分たちが鳴らす音楽だった。どうしてこんな偶然が起こったのだろう。あまりにもこの情景の取り合わせに、あっけにとられた。少年ははにかみ意気地なく見えるのがつらかった。彼女には久雄を見えなくする、夏の息苦しい光りの幕が張られていた。男はその裏に隠れてしまっていた。血が頭に昇るのを押さえかねた。彼の風貌は逆に頬がこわばり蒼白かった。

「兄さん」心配する良二も助けるすべはなかった。部屋に逃げるのがせめてもの為せる行動だった。兄をそれ以上苦しめたくはなかった。

久雄は数分間庭に据えられた彫像そっくりだった。彼が精魂をこめているのは、虫かごにいる昆虫だった。デザイナーたちは通過してしまっているのに、足止めでもしているらしく思っているのだ。弟には滑稽であったが兄の誠の姿であれば、気の毒になった。自分にも女がそうした尊大な圧力となって、男をへし折る力をそなえていると知り、萎縮してしまった。良二はそれから母と父が、日曜の退屈をまぎらせている、団らんの場に加わった。

こんな少年の幼稚な異性把握も、当人にしては深刻であり、彼のプライドに影をおとした。久雄は偏屈になり内向性が進むのである。兄弟の会話が減り図書にばかり興味がある少年になってしまった。それを知るのは自分自身だった。不確かな神経の麻痺と、活動をもくろんでもその為に快活になれない。目もしょぼくれてあがきだけが意欲の形となっている。

良二が黙っていたので両親は、久雄の変化にも平常であった。父が早朝に出勤し帰りもたまあに残業になる外は定刻の帰宅だった。一般労働者の単調な生活の繰り返しで、息子が思春期の動揺にあるのなど、どうでもよかった。男の子である。中年の肉体は疲れがたまり、家庭では休養が必要だった。それには息子たちから頭痛の種を持たされるのは御免であった。碁のテキストと晩酌が余暇の楽しみになっている。会社でも同僚といつも腕を競っているらしい。趣味から道楽になっていて遊びがそれなのである。

母は無趣味に等しい。女に道楽などと思う人もあるだろうけれど世間では主婦の派手な振る舞いで家庭が崩壊の例もある。山谷家はそれ故ありふれた家庭になるのである。両親にすれば息子たちは安心して彼らの行動に任せていられるのだった。息子の生活に疑問を持つのは、信頼を裏切るとしていた。
息子たちがよく知っている、近くの家庭にいる娘は知っていた。久雄がその娘に思いをよせているとは道理にあわず、普通にしていたのは当たり前であった。山谷家の平安はそれによっても維持されていたのである。
有り体に兄がお姉さんに思慕しているのが示されると、良二はまともに顔を合わしづらくなった。兄が今もって恋しくしている事実である。ところが久雄は弟に感謝した。彼を理解しているのは良二だけである。兄を詮索するくせはあるけれど、兄思いであるのは信じ得た。噂が流布するのはさけられる。その悩みまで解消された。久雄が肝でも抜かれた相貌のままであったなら、弟も誰かには相談したであろう。しかし久雄はまだ恋で全てを捨ててしまう迄には、大人の前段階にあった。彼自身どうしてお姉さんを忘れられないか不思議だった。自己分析するのはむずかしかった。したがって弟への武装も、恋いの破滅への被害意識も無縁であった、
デザイナーの姉さんにはその後会えなかった。恋愛結婚した内容を両親が語り、その男は友達交際のまま結婚したのを知る。男が普通の青年であるのも予測した。どう判断し贔屓目にみてもその男を良家の子息とするには疑問があった。仮に人々の羨む結婚をしたにしても、近隣の人たちは信じないだろう。卑劣な家庭であっても、その息子が良縁に恵まれるなら喜ぶ訳である。久雄はどうして彼女がそんな男と結婚したかよりも、とにかく彼女が誰かにさらわれたのを残念

がった。結婚はもちろん遠い親戚になるのも困難であるけれども、彼女が視界から無くなるのは耐え難かった。

そのはけ口をさぐれぬまま、学習へと抑圧された心をぶちつけた。弟がそれを悲しみに耐える手段でがり勉しているとみなしたのは誤りだった。すずしい秋を快適に飛ぶ鳥、勢いよくかけ巡る野生動物そっくりに、久雄が読む参考書は手際よく、かつスムーズに頭へ納まるのである。秩序だって記憶に定着した。デザイナーの夢には誘われたが、邪魔にはならず頭脳は明晰であって、教師に誉められる授業がつづいた。弟の含み笑いによって不快になる数も減った。久雄は勉強一本に神経を絞れる自信がつき、最近は大学願望に気持ちが集中して、身のまわりの関心事はこれのみの様相となっていた。

こうして彼は一ヵ月を無事に切り抜けた。順調でありあの悩んでいた不可解に比べ、数倍の効率で学習ならびに生活していた。

担任にも呼ばれた。

「君の成績は抜群になっている。期末テストはまだだが先生たちは山谷の勉強態度を誉めている。大学の目星でもついたのか」日直で遅くなった時間に教員室で言われた。

「はい」正直そうだった。

とにかく素直に返事したままだった。先生が誉めすぎなのでこそばゆかった。担任が誉めているのは成績よりは、学習の積極性にあるのはわかっていた。授業での質問に九割方正解である。それにしても彼を行動派とまちがえ、あるいは性格を変えたと噂する者は稀だった。彼もそれを認める。男子の友達数は同数であり女生徒は彼を敬遠した。軟派組も久雄の卑屈な学校生活をくずすのに、策を講じたりするのには興味が薄かった。人間関係で彼はいつもの生徒だったのである。脇筋にいる生徒と形容できよう。

こうなった彼が求める明かりは霞に包まれてたが、それとてただ空想の果てを生きる少年であるには、彼の魂は躍動しており、いつもしっかりしたものを掴みたがっていた。それは女性についてでも、学問その他いろんな現実、歩まねばならない生涯の全貌へもである。この際良二が海水浴で友達になったペンフレンドから、約束どおりもらった手紙で悦にいる弟の変化についても。この件で忠告をよしているのだが、どこか家庭内で巾のある性格になった錯覚と脅威だった。良二は兄がおどおどしているやに思われた。そばで述べ合うと遠慮がちになってしまう。

そこで久雄はペンフレンドの友情関係を、勉強のあいまに聞こうとした。

「僕も読んだが、それでお前は満足なのか。女の子を理解出来るのか。内には女が母さんしかいない。女ってどんな相手なのかわかってるか」

「わからないよ。僕はそんな考えないんだ。あの子が書いてくるんで返事してるのさ。あの日遊んだのが縁だからな。あの子も中学だし、久雄兄さんには本当に子供だよ。そうした話は馬鹿らしい」

弟の言葉は本音らしいが、久雄は違う見方だった。弟の年齢で久雄はお姉さんを大変好きになった。好奇心などとは異なっていた。女とはこんな者、これが真実の女と決め、所作外貌で醜い女は彼の尺度にかけると、もはや女の概念を超えているのである。弟も一度はそんな考えになるだろう。ペンフレンドに夢中になる良二に、兄は今がその始まりを予測した。その時分の我が身に重ねて弟に送られる手紙を読んだのである。秋のハイキング替わりに独りで銚子を訪れたがるので、兄はむしろそれを勧めた。弟が自己制御する能力があり、大胆な行動の結果は必ず自己形成にプラスにしているのを、兄はいつも教えられているためだった。

「お前は僕になんか相談することないよ。来年は高校生になるし、そうなるとむずかしい勉強に追われっ放しになる。誘惑も増える。中学時代にいっぱい遊び、高校になるとそこで考えるんだね。生徒が集まる地域が広まり、いろんな生徒が多いからなあ。お前は遊んでいたって受験は安全だ」

良二は日曜日に今度は独りで銚子へ向かった。あの子が住む家を訪ねてである。ポケットには彼女の案内図が貼られた手紙をしまい、小型の肩掛けバッグを無造作に肩にして、列車に乗った。

その小さな旅で兄の久雄が受けた報告は、彼女が歓び迎えてくれた内容だった。彼女はませており友達と二人で待ち合わせ、その子もペンフレンド仲間であって、良二との交際を望んだのである。女生徒たちは銚子港を案内し、そこで中学生らしくパンを食べたりして、風土に親しんだそうだ。帰りは握手もして、なごやかな楽しい三時間の付き合いだったと聞き、久雄は「その子はやさしかったわけだ。お前の好きな女性になる」

「何でもないよ。僕はあの子の居場所を知りたかったんだ。それにあんな子がいてもいいし、チャンスだったのさ。兄さんも勧めたよね。それだけになるよ」

コーヒーカップから上目づかいに兄へ報告する良二には、まだ銚子沖で彼女と連れに、正直で心置きなく話し合った、沖の舟、港の漁、その他の風物が甦った。開けっぴろげに質問し、自分も感想を述べた情景が頭をかすめる。兄には解らないと言いたかった。

「あの子たちは東京人よりもさっぱりしているよ。母さんの口癖である健気ってのかな。僕は彼女の家まで行きたかったが、駅の出迎えになったため、漁師の家族を覗く楽しみは失敗だった。僕にはそれも目的だったんだがなあ」

「じゃ、遠田さんだったか、あの子を訪ねても、友情が深まったんではないんだね。中学だって女の子が居たって悪くはないぞ。僕は元々いないんだが、良二は交際してるんだ」

返事に苦慮し、弟は兄がでたらめを言っているのが、少し不愉快だった。兄はお姉さんを恋しているのはわかっているため、自身の女性問題を口にしたがらないと認識していた。おかしくもあった。しかし親しい兄弟である。彼らからすれば両親は分離した存在に思えた。兄弟は二人で我が家に錯覚を抱いたりした。両親とは断絶の関係などの句は看過すべきである。それは息子たちにすれば、勉学環境のもの足りなさになる。

「兄さん写真見る?」あの子のを良二は封筒に一緒にしていた。兄は断った。先に留守中ぬすみ見していた。同じ少年であれば異性の写真には誘導されるはずだった。

「兄さん、本当はあの子には興味ないよ」唐突だった。それまで弟は手紙を黙読し、写真も手持ちぶさたにながめていたのだった。現実は不確実なのである。これまでも学校活動他で女生徒とは遊んでいるのに、遠田さんはムードが違うのである。

「そうなんだ。僕らにはわからないんだ。考えたりしない方がいいのさ。不良な奴に任せていればいい。僕にはそうとしか言いようがない。沈黙って奴らしい」

　夜は疲れにうながされて、良二は八時に床をつくりいびきをかいた。久雄はもう一度弟が机にしまった写真と手紙を、自分の机で再確認した。バッグもさっとのぞくと、兄に示した貝殻細工の置物以外はなかった。訪問のできごとが全部弟の頭に秘蔵されているのである。寝顔でいつも想像させられるのであるが、自由活発な行為にある大切なものを教えられるのだった。自分もあの幸せな寝いびき顔でやすらぎたかった。まだ餓鬼みたいなあどけなさはあるが、背丈は布団をいっぱいにする勢いのいかにも身体の伸びざかりなのがわかり、それは久雄にも当てはまる成長期なのである。久雄は思わず自分と比較した。丈はとうの昔に久雄を超えたと表現できる。久雄は並なので弟はクラスで並ぶ後方になる。高校と中学では成長で一、二年の差はかなりあるのだが、弟はそれが早いながらもバランスがあって立派な体格だった。表情にもそれが現れていた。兄が美男で、弟はがっちりしていてあっさりした気性の少年と、評してよかった。

弟がこの子と遊んでいたのか、写真と寝顔を交互にみつめ、中学の両者に大人びた情交がうまれるのを想像して、弟が他人になる予想もした。その少女にはもう大人になったおませが伺え、二人がさぞ背伸びしておしゃべりした内情が伝わって、その有様を知りたくもなった。

三日経って弟は彼女にお礼の手紙を書き、兄には「また書いといたよ」と伝えた。良二の態度は冷静で考えあぐむ様子は微塵もなかった。久雄は弟の心臓も大したものであるのを驚き、ひょっとして迷っている疑いにもなった。世間の兄弟家族も参考に血筋もかんがえたりした。遺伝の学習も参照して弟も女を夢にみていると思った。ある日はラッシュの車中一緒になり、久雄は弟がBGらしい若い女性の胸に密着すると、あわてて押しのけ兄に伺う顔をするのには、特別な意義があるようで目をそらしたかった。デザイナーが男としゃべりながら通りを通過したあの日、弟が部屋へ逃れた姿が目に映るのである。数分前の醜態になっている。弟は不愉快でも降りる駅までその気分を隠していた。兄を気遣うよりは、年上の女を好きになるのには未熟だった。車中の若い女性等は彼の尺度では愛情の対象外なのである。

成増の商店街で二人で通るのは久しぶりになり、兄は良二を食堂に誘ったが弟は断わった。弟は久雄が尊敬する兄でいて欲しかった。

「お前、遠田さんみたいな子が欲しいのか」

「いや、あんなのは学校にいるよ」

「嘘を言うなよ」

黙るので歩きが自然早まった。川越街道を横切り次の店がならぶ通りにいた。ここは夜に酔っぱらいがしばしば立ち小便をしていることが多く、彼ら兄弟は顔をそむけた。成増はバーや大衆酒場が意外に散在する土地柄で、板橋、練馬区にまたがり、となりには埼玉県大和町、後ろに和光市の行政区域がある。それに米軍基地もあったりして、風俗は芳しくなかった。坂をくだり石垣の高い住宅の間を過ぎると学校である。ここで兄弟は自分たちの環境を意識し気持ちが鎮まる。共に六年間も在籍すると我が家の庭同様になる。自宅に着くおおらかさである。二人の感触は一つだった。

弟の遠田さんへの説明は繰り返しになった。彼女と純粋に交際しているつもりであり、よこしまな考えはない。男同士とは異なっても、溌剌としており陽気である。別れがあってもまた会える気分でいられる関係になる。互いに満足であり、小さな胸を高鳴らせもできるのである。それで久雄が遠田さんとの関係をさぐろうと企てても、徒労におわった。

「でも嫌いでないからペンフレンドなんだろう。好きならどうする。僕らはいつ迄も少年じゃいられない。すぐに社会人になる」

「するとどうなるんだか」

「僕もわからない。今よりはいろんな関係に巻き込まれると思う」ここで久雄にはお姉さんが頭にあった。弟と彼女が車内にいるのである。

「良二には必ず好きな子を待つ日が来る。そこに新しい別な子が登場して、お前は惑わされる」

「兄さん、いやだなあ。僕はまじめなんだ。久雄兄さんは理解すると思ってたんだ」わざとらしさが彼を苛立たせる。急にこの機会に兄を巧みに導いて、あの日に起きた真意を聞き出そうとした。でもそれは露骨なので、せめてお姉さんを二人の口に載せるのに成功すればよいのである。

「兄さん、僕は聞きたい。僕たちはもう押さえている秘密を、打ち明ける時期だと思う。怒らないでほしい」

　良二はお姉さんを暗示し、兄との関連を知る範囲でのべた。久雄は弟の腕を掴まえるや、小学校の校庭に連れていった。辺りはすっかり秋の夕闇になりかけ、近い教室の一つが灯りとなっているのみであった。無論校庭は無人の静けさである。久雄は体格が優りずっしりしている弟と、中ほどまで黙って歩いた。弟はなぜかは自分なりに了解できるのだが、兄のこと故発作でも併発しないか敬愛する兄が不安だった。苦境に陥れたりしているのではないか、感情の行き違いになっていないか鳥肌が立った。初めての経験である。

兄弟は二人だけであり、家庭では彼らが中心になっている。家族の喜怒哀楽でそうなっている。だから兄弟同士が心底から争ったりするは、想像すら出来ないので、兄の行動はあり得ないことと良二は震撼させられた。

だが久雄は仲の良い兄弟の扱いであった。

「わかってるんだ。それを黙っているのもいけないが、話したところでどうなる?」

良二はかなり返事に苦しんだ、

「お前だけと思ってるんだけど、どっちにしてもつまらないんだ。あの人を想うのがおかしいのはわかるんだ。でも良二だって、それだからと僕を馬鹿にしたりしないだろう。あの人は美しい。やさしくもある。これは演技でもシェークスピア作品でもない。現実さ。あの人は僕たちには何もしてくれてはいない。関心を持っているとも思えない。けれどもこちらでは不思議にあの人と繋がりがある。お前が噂をするのが第一の証拠になる。良二はどうしてことさらあの人に興味があるのだ?」良二の腕を放していた。弟は胸詰まりから開放された。久雄兄さんらしい好意が嬉しくなった。

「今だけだよ。ちょっと舌を滑らしたいんだ。僕は思うんだ」また途切れた。兄が大切にしている片恋いを表にするのは兄を侮辱する。彼なりの思いやりだった。

久雄は正直に話すのを迫った。

「お姉さんは遠いと思うんだ」

「どんな意味だ」

「あの人は結婚している。どうせ僕たちはそんなことは考えてないんだけど、あまりかけ離れた人を想うのは良くないと想うんだ」

久雄は違うとお姉さんの意味を問い返した。

「お姉さんと呼ぶのは、僕たちにお姉さんがいないからさ。あの人は間違いなくお姉さんさ。僕たちには立派なお姉さんが必要なんだ」

「どうして立派なんだろう」

「そう思うのさ」

「僕と同じようだ。お姉さんには、いい兄さんと両親がいるためだ。それだから立派かどうかわからんけど、僕はそんなふうに考える」

「じゃ、お母さんとお父さんはいけないのか。そうじゃない」久雄は否定した。

結局は理由がはっきりしない。兄弟には両親が太陽である。無意識に存在価値をみとめているのは、他の家族よりも大だった。

灯りのほうで突然人声がした。ドアを閉める音まで耳に響いた。すると久雄は「お姉さんなんて言うな」注意して大股に逃げた。

弟からあからさまにデザイナーの影響を告げられて、久雄はその晩も翌日も独り自己反省した。それでも自分では責められるべき事情もなければ、弟に対しても彼女が害になるとは考えなかった。それよりか良二が彼女に惹かれる危険性だった。兄であればそんな無益な感情は捨てるよう警告すべきではないか。

文化祭もせまった日曜だったか、久雄は弟を豊島園のローラースケートリンクへ連れていった。弟と汗を流してみる気になったのである。海は彼の領域ではないけれども、スケートリンクは彼にも相手になれる遊技だった。豊島園も兄弟の成長過程で、いつも発達を見守ってくれた場所になる。地理条件と年中季節にあった催しがあって、幼少年の生育には格好の場となっているのだった。

兄の心境の変化はこの場合にも良二は意識していた。兄の勘にさわる言葉は慎んだ。兄が弟の開放された振る舞いに、鋭い観察眼をもっているのがわかり、いつ追求されるかにあった。二人があの夜校庭で腹を割って語って以来、腫れものにさわる例えでそっとしておいたのである。若者ばかりのスケート場で、久雄は訪れる機会が相当期間なかったので、一緒にまわってかなりはしゃいだ。良二はよくころんだが久雄は上手だった。久雄は外見で上品なスポーツが得意なのである。彼は本物のスケートも行い、例年都内のスケート場は幾度も、信州へも数少ない友達と行くのである。

久雄が弟よりうまいのはこのスポーツのみで、リンクをスマートに滑るのは本当に快適らしかった。隣りと肩がぶつかったりすれば、それは丁寧で格好よく謝るのだった。実に礼儀正しかった。娘たちは久雄を一見して高校生とわかるのに、誘う素振りにもなっているのである。弟は海水浴とは違った印象をうけた。それで自分が荒っぽい滑りらしいので、慎重になった。それでも下手なりに悠々と回った。

「あの子のこと、まだ気にしているのか」久雄は二人が揃うと言った。

「僕はねえ、忘れようと努力してるんだ。不良っぽいし、考えちゃう」

「そうじゃないよ。誰でもそうらしいよ。女の先生が好きになったり、母親にさえ友達みたいになる生徒がいるんだ」

「ちょっと休もう」

チョコレートをなめて再び滑るまで、兄弟はお姉さんを噂し、スケートに夢中になっている娘たちを目で追った。仲間で遊ぶ者たちを、遠田さんに結びつけたくなるのが良二だった。連想してしまうのである。久雄はここでも疲れにみまわれ、無口になりがちだった。

「僕は悪いと思ってないよ」良二は前方ですべっている者たちの塊に加わった。久雄は二、三周遅れてリンクを周りはじめた。

「お前、あの子をどう思う」

「どんなふうに」

「たとえば、かわいいとか、僕らは愚かだとかさ」

「疑うの？」

スケートは繰り返し滑ってもたのしいスポーツである。ころんでも笑いとやる気がおこるのである。

「この子達はどう思う」若い男女を指摘して聞いた。悪気なく腕を組み、離しては手をとりしているのである。窓際では顔を撫であったりもする。「ちょっと弱いよ」弟はけなした。兄弟には出世主義様の思考がめばえていた。遊び戯れる若者に当面すると、軽蔑したくなるのである。たとえそれが大学生であったにしろ、劣った人格にしてしまうのである。無視したい相手になる。場内ではどれが大学生で、工員らしいのは誰かの判別はむずかしいにしても、その言動で一括りにするのだった。

デザイナーも引き合いにはなったが、久雄の「忘れろ」ですぐ途切れて彼自身「僕も心配かけない」と誓った。それで適度な言葉後は疲れるまでたのしんだ。単調な運動だが多人数の中にいれば、それなりに楽しかった。このスケートで得たものは、神経のリラックスに尽きた。至極健全で肉体よりも神経のこりをほぐす効果があった。

適度の疲労でスケート場をはなれ公園を歩いていると、各自のつぶやき、かん高い声がまだ耳に残っていて、まだ場内にいる錯覚で後ろ髪を引かれた。それは久雄も良二もであった。気持ちではあの者たちが脇をすれちがっているのだった。良二はその内情を胸にとどめ黙っていた。いつもの同調ですませているのである。ジェットコースター等の遊技施設には懐かしさもなかった。母子、大柄な父親と男の子の連れその他大勢だったが、よそ者の風情であり兄弟には別の世界があった。そのためかそのまま門をくぐったのである。まだ入場客のある時刻だったが、二人はそれに抗する様子になっていた。端からながめて兄弟の立ち去りの様子は、どこか遊びの満腹には遠い背中を示していた。鉄道からバスに乗り換え、少ない乗客とともに成増行きの中にいた。

帰っても部屋には、男兄弟だけの匂いがする空気になっていた。両親の息がかからない部屋を思わせた。留守中に息子達の部屋を掃除したり、学用品に触れたにしても、そのとおりである。そこに生活し部屋を占めているのは兄弟のみである。

揃って熟睡している成長盛りの少年は、山谷家にすれば幸福な家庭の証拠だった。父母と教師の集まりで呼ばれ、息子たちの将来性について無難な説明があり、いつも安心し切っている母親は、家庭で就寝している息子の心情で暮らせるのだった。家庭の主婦であると、秋の満たされた風土は田舎の人々、芸術家ならずとも、日々食事の支度をしていても教えられるのである。夫婦は息子に分け与えた残りの栗を、むいては噛んで無言で語る時間をもった。テレビは夫婦の専用に近かったが、番組にもよるけれどうるさがって止めていた。山谷家はまさに静かに戸張が降り、水入らずの安息の時になっていた。

同世代

そちこちの山に初冠雪が伝えられ、快晴が待たれるころに良二は遠田さんを招待するまでになった。

「兄さん頼むよ。僕は招待してあるんだ。悪い子じゃない。僕らを変な方にひっぱったりはしないよ。あの子はませているだけだよ」

起きしなに催促され、寝ぼけ眼でうなづくのは久雄だった。弟が数日くり返して彼女が上京するので、兄も共に彼女を都内を案内する口説きとせがみなのであった。久雄は同意はするにすれ、気が重かった。翌日に迫った昨日などはあまりにせがむので、学習もそこそこに早寝したのである。だが眠れずイヤホーンで音楽を聞いたまま寝てしまった。写真を見ていると弟が興味づくのもわかり、弟のために、彼女の希望を受け入れたがるのを、ただ口説かれるままになったのである。生返事で応じていた。

兄弟が街に出るのは休日にきまっていた。そして両親は留守となるパターンである。山谷家はそれでもって円満だった。理解し相手の心がわかる家庭なのである。

「お前達、田舎の子は間違いやすい点がおおいから、注意するんだよ。ましてお前たちはまだ子供なんだから。もう少し大人になってデートならわかるんだけど、子供だし田舎者の招待なんてな」母親はいかにも馬鹿げた息子たちと警告した。でも二人は遠田さんと新宿駅で迎えるのを、そんなにも心配するのを考え違いと笑った。良二は特にそうであった。

彼女の明るい態度、いかにも都会に憧れている少女は、駅で待っていると隠さず顕して降りた。真っ先にかけ寄ったのは良二だった。彼女の友達も弟を知っており親しみを示した。あの日の子ではなかったが、文通のせいである。遠田さんが写真を見せていたものと、またも新しい少女にめぐり会ったのを、嫌がらず会釈して遠田さんと確認した。

「もう山谷さんとお友達みたいよ。わたし良く教えたから」

この対面を久雄は怪訝に思った。遠田さんは彼にも挨拶した。覚えていたのかそれとも良二の兄である気遣いなのか、とてもつくろった笑顔での挨拶だった。少年少女の対面であり簡単な儀礼と歓びの表現だったが、それなりに複雑な気持ちになった。

すぐにデパートへ案内するのだが、屋上で街の展望に感激する彼女に、久雄は彼女が自分にひどく気を寄せる勘がはたらくのだった。あまりに早い余韻だった。彼女は確かに利発ではある。でもどうしてか久雄がクラス内で独自のブラックリストにしている仮面の一つと、遠田さんのそれが同化してしまうのである。駅に連なる通りを案内しつつ、弟には秘めたままであった。駅まで引き返すことになるのだったが、少し早いけれどもデパートの屋上でパンとジュースを食べたので、中央線で武蔵境駅に直行した。目的は国木田独歩の記念碑を訪ねるためである。話しながら散歩するのにはちょうどよい距離だった。到着すると早速碑をバックにシャッターを切った。このコースが健全で彼女にもある程度満足されると久雄が率先したのである。彼の計画でもあった。財布の中身にも関係するが、彼女たちに別な望みがあったとしても、それへの同調は渋ってしまう。

「ぜひ送ってね」

遠田さんは良二に要求した。駅前で立ち話していても格好悪いので、久雄がジュースをおごり、飲み終えると四人は調布行きバスに乗った。途中の風景が武蔵野らしいので、女子学生には格好のコースと判断したのである。観光気分とか文学散歩のまねをするつもりはなかった。予想に違わず遠田さんは満足し、気分がよいので乗客にも充分注意を払っていた。このルートは二回乗車していて、風景の美的おもしろさを知っていた。田舎ふうでありながら所々に顔をのぞかせている近代建築、ポール状のもの等が白がかった色に着色され、いい配色になっているのである。空気もさわやかである。深大寺へ行ったこともありこの辺りは覚えている。時間の都合と幾ら文学少女でも、立木とお寺では興ざめさせるので、オリンピックのマラソンコースになった、甲州街道の説明を最後に、素朴だが案内は終わったのである。あとは一路新宿へ上がる電車に乗っていた。彼女は銀座も皇居も知っており、都心にそれほど興味が無いのは、良二から聞いていたのもあって、久雄はこの案内となったのである。兄弟を信頼している彼女たちには、この一日は一層それが強まったらしく、遠田さんの表情は終始晴れ晴れしていた。でも詩は書かなかった。久雄がいた原因もあろう。お供の中心は専ら久雄だった。兄は引率の先生の役割になっていた。そうなると自重もしそれなりに行動した。写真よりは現物が良いと誉めたくなるのも差し控えた。相手の厚かましさも意にせず終わった。久雄は漫然とお供をした形で済ませたのである。

彼女は素早くと称する早さで手紙を良二にくれた。その上お兄さんによろしくの辞に添え、久雄もペンフレンド仲間になって欲しい、文通を希望している女生徒がいるとも記してあった。

「困った人だ」弟に憤慨してみせはするが、内心異性の言葉に惑わされた。

良二が熱心に返事を書いているのを隣りで知っている彼は、自分に精神の疾患があるのではないか不安がったりした。体育の講義用テキストを読んでも、健全な交際が必要、思春期の精神衛生、人格の形勢、類が載っていてむずかゆいだけであった。わかっているようでもあり、一字一句が不思議と胸にひびいた。肉体の説明、特に図解は少年をゆさぶるには充分の力があった。弟の裸体にも妙なエネルギーが感じられて不気味になった。兄を圧倒する隠された何かを、肉体が放つ神秘性でもある威力をその周りの空気で感ずるのである。大人びてくる反発力になるのだろうか。

さて、お姉さんなのであるが、ずうっと久雄の心に影を落としており、折りあるごとに心の奥から顔をのぞかせた。ある時はポートレートふう、別のでは前通りを行く映像で、それに独身だった姿で。仏教でいう煩悩が定着する十一月中旬、彼は一通のラブレターを受け取った。

「お前までかい」

母はいつの間にか子供たちの部屋へ忍びこんでいた。

「変な奴さ。何思って書いたのかわからない」

「どうでもいいけど、勉強にさしつかえちゃいけないよ」

それ以上はよす母だった。いつもあっさりしている母である。

久雄は母が部屋を出ると封を開いた。

……わたし、いつか手紙をあげたいと思っていたの。山谷さんはそっけない振りをしていますけれど、わたしはずうっと好きでした。でもわたしが好きでも、山谷さんが嫌いではどうにもなりません。それに、わたしにもそんな大胆な気持ちはなかったの。この手紙も、ふと書きたくなり、何も考えないことにして書きました。山谷さんは知らないと思いますが、わたし達のクラスの神山さん、三谷さん、篠原さんなど、手紙交換しているのよ。知っていないわね。わたしも、あの人たちも頭が弱いにしても、相手の男子生徒は優秀なの。真山さんもその一人。大内さんももらっている筈。ですから心配無用になるわね。書きたくなっただけ……

……手紙もらえるかしら。頂けるなら手渡しして……

……さようなら。

読んでいて顔がほてり息苦しくなった。あんな女としていた相手でも、いざ手紙を読むと胸奥をくすぐられて興奮し、誇りみたいなのが湧きあがるのである。いつかの腕づかみも意図していたのである。それに連なるはにかみ、ウインクも、女の浅ましさよりかいじらしさではないか。二度三度と読む内に彼女が自分の脇で笑っているようだった。彼女には全身大人の感覚がただよっている。それとほんの少し子供のあどけなさがあった。彼はこれが嫌いだった。でもこれを除くと彼女は愚かな女だけになる。手紙にあるとおり成績は劣る生徒だった。妊娠して中退した生徒に比べ、言動は問題の他になる。こうしてラブレターを書くのであるから、油断はならない。

彼は弟の机をあけ遠田さんの手紙をまたも読んだ。先日の自分宛のも読んだ。彼女の文章にも久雄を悩ませる文字があった。そうなると憎めなくなる。写真も弟のから抜くと、この場合もこちらをしとやかでもの請いの瞳になっているのだった。自然と答えたくなる気持ちを起こさせた。「ぼくは女にまいっているのだろうか」今までの感情とは違って制止がむずかしい。「そうだ」彼はあいては異なるがクラスの女生徒を誘う決心になった。彼女に話す必要がある。

現実に行う予定で教室をのぞくのであるが、あの勇気はすっかりしぼんでいた。会ってもにが虫を噛みつぶしたむっつり生徒となっていた。彼女と対面するのもなるたけ避けた。相手は久雄を意識している様子が在り在りとしている。たまりかねたか帰りしなに、距離をせばめて彼が独りになるとバス通りの曲がり角で「受け取った？」と問うのである。彼の方は接近しているのは気づかずにいたのである。辺りには女生徒が数人、男子生徒も何人かいて、女生徒と肩を並べて歩いていた。そんな情景も普通に近いのだが、彼にすれば例え男生徒と二人だったとしても、大きな変貌であった。自分でもそれを疑った。彼はその問いに黙っていた。彼女はもう一度くり返した。

その日は手紙の生徒と一言もかわさず離れてしまった。帰って反省はした。女性に関心はもちろんあるが、今は判断に苦しむのである。お姉さんも心の上でさえ身近か疑わしい。

「良二」

弟を連れて庭を降り、お姉さんが彼らを指差した情景を思い返させた。弟は考えぬようなだめた。

「お前、コーラでも飲みに行かないか」

良二は冷蔵庫に残っているので止めるが、久雄は白子にある食堂へ連れ出した。食事はすんでいたためコーラのみだった。胃が騒ぐのとげっぷが逆流するのとで、普段の味とは精神的にそう開きがあった。そこではお姉さんの問題も出ずじまいになってしまった。

兄弟が敢えて遠回りしてお姉さんの家を横切ったのは、彼らにそんな意識があったせいもあったが、まっすぐ帰るのが惜しい気持ちも手伝った。肌寒い夜に映る彼女がいた家構えと、特にその門はいつも静まりかえっている。彼女が結婚してからはよりそのように感ずる。借家か否かは聞いていないが、いつもそうした構えである、兄弟にはそれだけであった。二階形式の古い建物であるのが、一層兄弟を財産や知名度との関係概念を破壊するものだった。格式と飾りに無縁な屋敷もあるものと、改めて感ずるのであった。

「兄さん、あの人どうもこのごろ、家にいるみたいだよ」

「いたってどうなる？　遠田さんたちとは違うんだからな」

「まだ好きなんでしょう」

「それは全く性質が違うんだ。きれいな恋愛って言うのかな」

そうあしらっても、弟の言葉は本当である。相手の男はどうしてもお姉さんにふさわしくないし、また彼女が最も理想の女性だからである。彼女は自分たちの周囲にいつも居るべき人である。

異性との急速な交際が始まったのであるが、他にも行動がせわしくなるのがあった。少年にも哲学めいた思考がはたらき、詩の境地にもなれる季節だった。良二はいよいよ受験へまっしぐらになった。塾は本人が拒否して、学校の講習と自宅学習でまかない、あと二、三ヵ月にせまっても泰然としていられた。銚子のペンフレンドと文通も続けた。そんな弟であるが、高校への憧れは人一倍強かった。久雄も転機にさしかかっていた。二学年もあと少しの月数を残す際にあって、ゆらぐ自分を冷静に省察すべき段階に至っていた。マンネリを逃れるには、何事にも契機が必要であるけれども、兄弟にもそのきっかけが接近していた。

久雄がラブレターをくれた女生徒に「いや、僕がまちがっていた。友達になろう」、喜ばせようと何度も彼女に口を割るチャンスを計らったりもしたのだったが、その都度戸惑いで流れてしまった。接点を逃すたびに諦めが立ちはだかった。結果からすれば幸いでもあった。体に欠陥がありその上に精神の重みまでが負担になれば、心身ともに壊滅されかねないだろう。

毎年秋の終わりに催される講演会が、この年も文化祭も過ぎて生徒の心がたるむ時期におこなわれた。学校の習慣でかならず大先輩が壇上に立つので、野望に燃える秀才はとりいる眼で、その人格識見に触れようとするのだった。その人物から発せられる人間性は、通常、生徒たちの滋養になり磨かれゆく経験の鑑となるのである。

この講演会が幾回おこなわれたか久雄は知らないが、入学以来だと一回あった。であるからこの時期また一人の先輩著名人に会えるのはわかった。演題よりもどんな人物が壇上で専門を語り、識見を後輩に印象づけるか、ある程度の興味はあった。

全校生が午後の一番心のなごんでいる一時に、講堂へ面白半分に集まった。生徒はどんな集会であれ一堂に会するのは好きらしく、教室へ向かう表情とはいつも異なっている。笑顔でおしゃべりしている。億劫がったりもしないのである。久雄もその心理状態であった。一年生から順に三年生まで床を占め、各自の能力により将来への抱負如何で、受け取りはまちまちとなる。クラスで列になっているため、そこでも自己を意識することになる。校長が紹介し、生徒は改めて大先輩に注意を集中する。

「諸君の大先輩である……」からはじまって、卒業年度、経歴、苦労の数々が概説されて講演者に替わった。人相が異なる如く挨拶も多様で、今年の先輩は愛想が悪かった。年齢はその落ち着きとは逆で非常に若かった。四十代でまだ青年とも呼べる人物だった。髪を無造作に分けた学者なのである。米国の有名財団の招きで、五年間研究生活を送った頭脳の持ち主なのである。その識見がにじみ出ているとは、思う者がいない貧相な相貌だった。全校生に挨拶するとたどたどしく述べるのは「皆さんは学者をどう思いますか」なのである。そうして学者は特別の人間があつまる社会でもなければ、高邁な原理の追求だけではないと、前置きした。久雄は一瞥してその学者が、これまで一度聞いた講演者とは人間性を区別しえた。いずれも一流の人物ではあるけれども、容貌は一言一句と一体となるのが勘に触れた。

科学者であったので講演が進むにつれて、科学、特に化け学に移っていった。高校生なのでわかり易く、科学者の実験、苦労、エピソードを飾らず話した。大抵の講演者は壇上を意識するあまり、いやに面白くしたり、身近な問題で関心を寄せようとするが、この学者は淡々と化学は何で有るか、現在どのような状況で発展しているかを述べた。そして『ロウソクの科学』を引用もして生徒に古典への案内と化学的思考法にもおよんだ。生徒によく心を配った説諭になっているのであった。

生徒は久雄もそうだが、学者に対して特殊の傾聴で構えるシーンとはならなかった。ただその先輩に学者である認識と強い性格を特徴づけられた。次第に心へ浸透してくるのである。学者とはこうしたものと、ちゃっかり聞いていたのは女生徒と勉強嫌いの生徒だったろう。どうでもいい、限られた時間の経過するのも彼らなりに頭に入れていて、雑多な思いに神経を休めていた。久雄には彼らのやり場を失っているのが理解できた。仲間のつもりでその一員になるのは、生徒指導の教師に引率されるのに近くなる。そんな恥さらしもしたくない。そうなるのを怖れる。彼はふしだらな女生徒の襟元をみつめる。優秀な女生徒もじっと見る。するとその生徒まで女として類似してくる。浅ましい生徒が本物らしくなる。告げ口する声が聞こえるのである。感度はすごくいい。男生徒も何人か観察すると、優秀と普通の差はわかるけれども、それは外見と数値であって本性がすばらしいかどうかは闇の中になる。彼は考えがあやふやになってしまった。

これらの迷いが生じたのは、体が不調になったせいだった。それと学者の与える刺激の強さにも原因した。彼の価値判断があやしくなった。学者はむずかしい研究をし高尚な人物としていたので、この先輩学者を目の当たりにして、いろんな固定概念がうち崩され魂疲れしてしまった。講演者は同じペースで進めた。生徒たちは特段奇異の念は示さなかった。外見上普通であった

天候も一月早ければ、場外にこそ足の向く日であった。十一月の午後は、もともと校舎はかなり離れた所からの車音のみで、生徒たちの聞き取り環境では絶好の講演条件となっていた。あとは生徒たちの受け取る心構えにかかっていた。生徒はこの場から何かを掴みとらねばならないのである。そこは優秀なランク付けの学校であって、その名に適う生徒たちの受容は鋭かった。

トップクラスは皆学者の解説姿勢から言わんとする内容は汲み取った。それが各自の体質に合うかどうかだった。社会をゆがめてとらえたりしない彼らは、素直に「できるなら自分もその地位を得たい」と望んだのである。久雄もそうだったが疑問はあった。あくまでも夢であり、理想にするにも頭にあるのは一流大学、一流会社なのである。網膜にひらめくのも困難である。学者になろうなどとは何人いるのか。教員の子でも普段話すのは有名大学ばかりである。有名人になりたいのである。華やかな大学生活をおくりたいのである。有意義に過ごしたい大学生活を口癖にしている。世間でもてたい欲望である。とにかくあこがれの大学入学である。あとは成るようになるの構えになる。つまり秀才にも大先輩のお話は清涼剤にはなっているが、体質改善には違和感があった。親しみの点に於いてもだった。

久雄は考えの混乱に、数十日も起らずに過ごしていためまいに襲われた。彼の症状の多くは貧血をともなっているのである。血相が悪くなり息苦しいしぐさになると、人事不省の様相となるのだった。

クラスの者は久雄の持病を知る者たちなので、前後二人の生徒は待機していたかの機敏さで、後ろで講演を傾聴していた男生徒が、久雄を脅から抱きかかえた。歩きに耐えられないのがわかって、自分の肩に久雄の脇腹を寄せて出入り口へ行こうとした。そこに前にいた生徒も加勢したのであった。当人は視力もかすからしく、かなりの生徒の視線が彼に集まっても平気だった。

きまり悪いのは付き添った男生徒で自分が醜態をさらけている気まずさだった。クラスの者は「起こったな」とささやいた。二人はその声と他のクラスの生徒が、「俺も頭が重いな」と茶化すので、連れていく者が災難みたいになった。陽の差す廊下を伝って医務室へ入った。医務係は失神に近い久雄を、手なずけた我が子の扱いであった。

「あなた達ご苦労さんね」

連れの生徒を帰すと彼女は久雄を横にして休ませた。シャツのボタンを一つはずし、窓も開けて冷たい空気に意を使った。彼女は久雄を知るのと、医者ではないが医務室を訪れた生徒については、記録もとってあるので対処は簡単だった。久雄は安心しきった表情を満面に浮かべていた。処置とてそれだけなのである。係員も平静そのもの、椅子にかけて雑誌を読んでいるのだった。

彼の回復はいつもの経過なのだった。本人は相当日数持病を忘れていて今回なので、回復しても不安は残った。医務室からは担任へ知らせに教員室であった。

「健康が大事だ。山谷は軽い運動をするように努めなさい」

背中あたりを叩き励まされて、喜びとてれ笑いはしたのだが、しおれたままになっていた。担任は久雄の体の具合を知っている。最後の時間は数学だったが、出席せずに下校した。

電車に乗ると早く帰って横たわるのが待たれて、学者の講演情景もそっち除けで成増駅に着き、川越街道を渡るあたりになって、あれからどんなことが語られたか惜しむのだった。あの風采の優れぬ壮年の限りない魅力を考えはじめた。「あの語り様はどうなったのか」残り部分を聞きたくなった。でも夕日だけが彼をやや哀れんでいるだけで、他のどんな風物も彼の助けになるとは思えなかった。

翌日机に納まるや、あの学者の講演残りを知ろうとした。一人の生徒が教えてくれたが、頭脳優秀の生徒でも楽観主義のため、恐らく学者の説明とはべつものと予測される内容となって、久雄には伝わった。それで二、三、の生徒に聞き改めたが似たり寄ったりであった。彼らもあの風采のあがらない訥弁の学者に侮りの言葉さえまじえた。久雄は講演が自分に途中に終わったのを残念がった。きっとあの学者には、一句なりとも自分に一筋のヒントを与えるものがあった筈なのである。

こうした学校生活をしていて、彼も虚弱ながら一角の人間となりたい、強靱な欲望が形勢されつつあった。弟の学習に負けじと、兄の面子にかけて取り組んだ。いつも頭を抜けないお姉さんを忘れたかの様相さえする変化だった。翻ればずいぶん久雄の心理状態は、お姉さんを軸に転換を繰り返した。お姉さんがそこにいる錯覚に悩まされた、彼女がデザイナーになった頃から、お姉さんとして完成された女性を、彼の中で確立する結婚前後女性像、それと今では彼女が次第により現実の女として考えるに至る経過になる。

毎日午前零時を越す学習は、その能力と比較を超える進歩があった。自分でも学力がみっちりと付いているのが汲み取れた。早期に受験雑誌の学力テストの投稿もした。発表点には至らなかったが、自己評点では上位の成績であった。

良二は普段の生活をくずさずに、テストまたテストの毎日になった。中学生用の市販テストに雑誌社のテスト、プラス学校の模擬テストになる。秋から冬に移る季節の厳しさに準じて、高校受験の学習風景も佳境に入りだし、悲喜こもごもになった。生徒の行動がそれを物語った。

二人が勉強に熱中すれば、山谷家は今度両親が生活の舞台を占めるみたいになった。両親はますます息子達の考えに任せているのである。子供達が部屋に閉じこもり、夫婦だけの団らんが目立った。親は単純に息子達の成長期の一つにとらえていた。息子たちも不服はないので、家庭で開放された生活ができるのを満足しているのである。夜中男二人だけでいると、机にはり付く間およびコーヒーで頭の疲れを癒す時間、どうしても互いに独立の形で、男以外の軟らかな相手を想像してしまうのである。良二は主に遠田さんを格好の女に、久雄もお姉さんを中心に二、三、クラスや選択科目の授業で会う女生徒だった。久雄の場合それらの女性が彼から離れる予測だった。お姉さんは特殊だが、彼女たちが卒後の身の振り様を固めつつある予感だった。お姉さんのほうは輪郭がうすくなっている。彼女が兄弟の前に姿をみせないのが一番の理由になる。そうなると自然に疎遠になるのが自分ながら不思議だった。

十二月の暦をめくると兄弟には数日単位で暮れが迫って、考えるのは教科の予習とテキストの詰め込み集中学習である。良二の学力はコンテストでも抜群であり、雑誌社から商品をもらう勢いである。弟でもその際は久雄に胸をはって対峙しているのが兄はわかった。弟はテスト結果に溺れたりしないので、遠田さんには手紙を送っていた。彼女にもコンテストの結果を報告したいのか、書き終えて封をする前にその部分を久雄に読ませた。弟の晴れがましい笑顔と言ったら、久雄が非難する余地を無くしてしまった。

こうしてその年のニュースになったのは、皮肉にも兄弟が好成績で新年を迎えようとする矢先、両親は兄弟がお姉さんを憧れているのを知らずに語った、彼女の離婚話だった。理由もわからずだが世相を述べたきりで、長年の都会暮らしになって考え方も都会ふうで、一女性の噂を団らんの種にするに至らずだった。

久雄と良二には自分達の部屋にこもる間の情報にしては、余りにも反響が大きかった。親に気づかれないよう互いの合図をしていたのである。部屋でお姉さんの離婚を話そうとするのだったが、二人にはそれがどんな性質のものか、反対に結婚そのものがどんなものなのか、彼ら二人には皆目わからなかった。兄弟同士でやたらとそんな言葉をかわすのは勇気がいった。久雄がだまってしまうので、良二には尚さら突破口を見出しづらかった。

「またデザイナーで店に通うんだろうか」

良二は兄の気持ちを探ろうとした。

「関係ないよ」

自分の立場も彼女への敬愛もまとまらず投げ遣りだった。大手をあげて喜ぶには少年ながら現実側にあった。兄弟はそれ以上彼女については口を閉じた。弟は兄のために、兄は混沌のまま語りたくなかった。二人にはスケジュールが決まっているので、問題集を解く弟と参考書に取り組む兄の、双方で一旦頭が学習に専念してしまうと、あとはお姉さんの影もなくなった。

背のび

「よかったねえおとうさん。これで二人とも世間に恥じない学校に入れられたんだから。あとは久雄たちの努力しだいよ」

母にも良二の学校が一流の高校で、本人の努力で大学にも社会へも、堂々と進める目標がついたのである。大テーブルには祝いの菓子とシャンペンが、山谷家の子供たちの幸せを祝う象徴として、テーブルを飾り賑わいを盛り立てていた。ローストサラダ、その他デザートも沢山あった。息子たちも両親も心底喜びあえるのはシャンペンである。久雄が合格した夜もそうだった。酒好きの父も子供達の手前アルコールの弱い酒で満足した。男として息子たちが早く大人になるのを期待するが、お祝いの夜に酔いつぶれたり、嫌がる子供たちに一般酒を勧める愚かさはなかった。兄弟も立派にその愛情に応えて、山谷家の評価をはるかに超える人格形成がなされていた。母も子供たちにできる精一杯のことを為しているのである。息子がそれで充分感謝していると、生涯に於いてもそうなることを望むのだった。この期待に兄弟は素直にその愛情を受け入れた。いつものことでもある。

良二が中心だったので、これまでの成績を誉めた。そしてシャンペンを飽きるまで飲ませた。弱くても少年には酒であった。コーラーとは違って兄にも誉められたりして、酔いがまわった。それで父親は愚痴も言わずに、ケーキをフォークでくずし、果物も上品に食べて子供達を微笑ませた。良二は快活な性格なので、兄の分も食べる奔放さであり、嬉しさもひとしお大きかった。

「母さん、僕たち銚子の子みたいなのを招待したら、どうだったろう」調子にのり良二が聴いた。

「そうだ久雄、良二もそうだけどあそこの娘さんさ、男に捨てられたのかいつもしょんぼりしているよ。いろんな勉強もしなくちゃ。少し女のことも知っとくといい。おかしな男と遊ぶとあんなことよ。まだまだのことだけど、良二まで女の子と手紙やりとりしてるんだからね」

フォークも放して警告するのである。母にすれば息子にお灸をすえる、良い遭遇であったらしい。いつも少年の頭に重くのしかかる入試も終わり、合格で有頂天になって尚家族あげての祝福となれば、親の有難さもわかり自意識も一段強まった。

「あの人はそんなに悪いんですか」母が意外と非難するので良二は聴きたくなった。不運にしても彼女は派手好みで流行倒れしたと、母は要注意の女にしたがった。理屈を通すために家庭が即人物に成らない筋を通したいのである。その裏には息子たちが正真正銘優秀な少年と、息子たちに誇りを持たせたがっているのである。その意気が歴然としており、利口な息子たちにはよく理解できた。

「それは母さん」良二が照れ笑いした。

「僕は普通の人だとおもう。そんなことで家に閉じこもっているのはかわいそうだ。まともだからいけなかったんだ」兄はそう述べて「良二にもわからないのさ。そうなんだ、それ以上追求すると全ておしまいになる」

母親は残りのデザートを食べ尽くそうと、早口にパイナップルを頬張り、クリームを舌に載せた。いかにも遠い田舎のくせが染みついていて、久雄は思わずにっこりした。息子に社会の掟や醜い争い、人間不信などを諭すつもりながらも、ためらう気持ちも久雄たちには理解できた。

良二は飲み、よく食べた。歌こそ唱わなかったが、あらゆることが自分の好きになる夜とでも言いたげだった。自分の部屋へ隠れるてれた態度もとらなかった。いつもならおだてられるとさっさと非難するのであるが、高校生になる実感がもう乗り移ったらしい。高校の門をくぐった心構えが生じているのだった。久雄は弟の我が意のままの様子を、為すままにさせているのだった。名門校の合格に風格もそなわろうとする彼を、非難する点はなかった。遠田さんからの祝福の手紙が送られるにきまっている。今後その交際が、弟の成長に役立つのは明らかである、弟には現在同年の少年にくらべて劣るものはない。久雄は確信した。

母は舌にシャンペンを当てたくらいだったが、喜びは満面に浮立っていた。いつになくフォークを繁くみつめたりして、これまでの苦労を、ほとんどつかったりしないフォークで感じとっているふうであった。膝を伸ばしたりするのもめずらしく、息子たちの姿で、肩の荷が軽くなった緩みがあるのだろう、話すのは主に良二だった。母には疲れも見えた。久雄はその場のために陽気にする程度だった。弟がより疑い深く自分を観察するのは覚悟しているが、内心不穏になった。シャンペンのコップを飲み干すのにも喉につっかかりがあった。弟から注がれるシャンペンが、コップで泡立つのさえ緊張した。

「兄さん、ぼくは酔っぱらったんだろうか」

兄がだれかを慕っているのを、恐らくお姉さんへの触手が延び始めたらしいので話した。テーブルを囲んでいて腕がすれ合い、自分の行動が兄に比べ、浮かれているのを鎮めるためでもあった。久雄は早くに箸、フォークをテーブルに据えていた。食べるのを終えているのである。

「いいんだよ、お前のために祝っているんだから」

「僕だけで悪い気がする」

父親から「遠慮はいらん」と告げられて、良二は我慢するつもりが欲望が先に立って、笑顔で開けっ広げになった。

良二の満足な歓びとともに、家族はだるくなるまで食べ、次第におしゃべりも途切れた。動作の素早い母もこの夜はゆったりして、後片づけも成るにまかせていた。息子たちがもっと食べたいなら食べ、飲み足りなければ放任する配慮だった。シャンペンもビンごとあり季節はずれのブドウ、メロンも盛られたままある。ヤシの実の殻は良二が面白半分に置いたので、大きな飾りになってテーブルで目立っていた。

お祝いの本尊である良二がテレビに気をとられると、母がささやかな合格祝いの片づけにかかった。父は「これがいい」と大の字になって居間に寝た。父はやはりいつもの晩酌がいいらしく、言葉に張りが欠けた。父は息子たちがどう成長しようと、毎日出勤して帰宅しテーブルを囲んで食事する。このくり返される単調な生活こそ、明白な本質である。それ故に合格祝いも体質に異常反応するのである。

家族パーティーがひとまず成功に終わって、息子たちはあと数週間で、春休みを家庭中心に過ごすこととなる。

すぐに高校生となった息子の良二には、バラ色の生活が劇的に押し寄せるのだった。利口な彼は頭脳の切り替えよろしく分別するのだったが、少年にはどうしても環境の誘惑のほうが大きかった。いつのまにかその波に載ってしまうのである。よく遊び友達も増えペンフレンドは友の一人の意味になっていった。彼女も高校生になり、新しい環境に魂を奪われる心境であった。

翌年にはすっかり良二は高校生、しかも一流校の生徒になったのであるが、秀才はおろか久雄の高等学校生徒にも劣る、怠け者で並みの頭脳になっていた。そんな弟を諭す久雄であった。一方一年間音沙汰なしの形であったお姉さんが出戻り、哀れに思うとともに、彼女に元の美しさがあるにしろ、窓越しにながめる姿が気の毒でならなかった。服装とそのスタイルの良さはいいのだが、どぎつくなった化粧は彼の潔癖性を痛めるに余りあった。彼はなぜかわからなかった。それでも観察は鋭く確かであった。彼女は地に足を踏ん張っている女になっているのである。それで少年にはありふれた女、たまらなくイメージをくずされた相手になるのであった。久雄の他に彼女を立派な女性と褒め称える者はないだろうし、彼も今では哀れさがすべてで、女の本性を捕らえるのは困難である。あるいは女がかえって真の価値を表象していたとしても、久雄にははかない風情に映るのである。彼は国立一期校の一年生でありその自意識はとても強く、一流校学生の望みを持ち合わせた。それがますます高まろうとしているのである。

休暇で彼女の弟が帰省して、男友達を連れ込んで遊んでいるのを知った久雄は、お姉さんも高校のクラスで軽率な女生徒がちやほやされているのに似て、男たちに世辞を使いくだらない談義に花咲かせる彼女を同情するまでになっていた。

その大学生は都会が珍しいのか一週間経っても帰らなかった。近所を散策し彼女の弟と通る日もあった。急に彼女の家が学生の下宿屋に、いつもとは模様がえした有様となった。いつもは空き屋風情の住まいが、若者で甦ったみたいで久雄たち兄弟も異様に思った。かって大学生の弟が帰省していても静かで、お姉さんもいつもの生活ぶりだったのとくらべて、その変化は雲泥の差になる。久雄は当時地方大学生である彼女の弟を尊敬していた。地方だが名の知れた大学で、その学生もまじめで彼女の弟として、恥じない男と判断していたのだった。それも現在は彼女の同類の評価になってしまうのである。その弟は友達もふくめて久雄が籍を置くべき大学を引き合いに出すなら、対照するのもいやになる学生にまで評価落ちしてしまった。他人を軽蔑する了見の狭さは心しているけれど、慎みこそ己の器を大ならしむるを再認したくなった。彼らは相当見劣りする学生になっていた。その弟は別の学生も連れてきたりしたのだが、一人はすでに流行遅れの長髪をたらしていたり、別のは女まがいの髪型で平気でいられるのである。その学生は一度見たきりだが、仲間を代表する身なりと性格に思われた。彼らを勉学に勤しむ学生とするには相当の抵抗があった。見せびらかしはしなかったが、久雄は国立校のバッジ、ボタンをつけた学生服に何度も手を触れて、あとは通学を待つばかりであった。これは小、中、高、の段階で経験した新鮮な気持ちと期待なのである。最後となる段階で幼稚な経験が重複するのを、我ながら浅ましくもなった。堅く我が胸に閉じ込めようとするも、一夜ともたなかった。友達の少なかった彼も、卒業した高校を訪ねるならば、語らう相手がいる期待で体がひとりでに動いた。歓喜の季節風が吹いているかどうかは不明だが、一歩逆もどししてみたくなったのである。合格通知まで家庭で送った不安と期待の十数日のしこりが、深海で漁をした漁夫が浮上して起こる頭痛症状にあったのである。

校舎は温かい陽差しに眠る大らかさで、校庭にも校門あたりにも、卒業生とも在学生とも付かない者たちがグループでしゃべっていた。無縁の者ばかりであり、試しに接近してみてもクラスの者、隣り席の生徒はもちろんだった。「どうしたらいいかな」や「今度こそ遊んでやる」の不合格と合格の声がいり混じるささやきだけはっきり耳に入った。ひょとして久雄に達するのは聞く側の都合で、勝手に変化されたかは疑問である。彼は歓びの声であれば素直に受け入れられた。

女生徒もいたが誰かを待っているらしく、盛んに友人が現れるのを待ち遠しく、周囲を見回しているのである。久雄はその者をクラスの一員に見立てて、早くも過去となる惜別の情を抱いた。彼女らは大半BGになって暮らすので、彼と話す機会もなくなる。懐かしさの度合いが急速で会ってみたくなった。教室は閉鎖されていて想像だけがはたらく。新聞で自分の指名を読んだ者がどこかで噂しているのを想像し、一月前の学内生活がここに来て楽しくなるのだった。高校入試合格発表で喜んでから三年間、この年月の生活は高等学校生活が全てともなっているのである。詰め込み学習であっても、思春期盛りの少年にとっては盛り沢山の充実ぶりだった。疑う余地はない。

校舎は扉が降りていて職員専用入り口しか入るわけにいかない。担任の先生には挨拶が済んでいて、他に馴れ合いの先生とてなかったため、教員室を伺う装いもなかった。三年生担当の先生方も自宅で休暇を過ごしているので尚のことである。かって合格の氏名を貼り紙してあった、生徒通用玄関と職員用との間になる壁に、これから発表される今年度新入生を待つ気配はするが、大学生になった者には思い出のみになる。無縁の形象とはなっているのである。あんなにも自分と結ばれていた靭帯がはずれているのである。それは何かしら自体を足元から震撼させた。この校舎も旭町の小、中学校に感じた抜け殻を想させるのである。

白々しい母校に愛想づかしバス通りに着くと足がおもく、誰でもよし友達を呼びたくなった。

いつもおとなしく普通な成績の男、それとも嬉しい時分に相手も愉快になってくれる、少し優秀な男子とも頭に浮かぶのだが、こちらから呼ぶとなれば大変で話しはべつになる。久雄は今だかって彼らを遊びに誘っていない。ゆっくり歩いては引き返し、じっと電話ボックスをみつめては止めであった。十五分も撞着しているのだった。その間にも先程の者達が校門から居なくなるのがわかった。久雄は級友がとにかく現れてほしかった。話したいのである。

電話ボックスに納まっても今度は十円硬貨をいれるのに戸惑った。それで二度かけ直した。自然に指が回ったのは一期校合格の、高校二年生から切れずに続いた男子だった。出たのは聞き覚えのある夫人で「悪いわね。せっかく電話してくれても留守でして」と大人に対する丁寧な応対をしてくれたが、その響きが不審なのとタイミングの悪さから、気持ちはしぼんでしまった。そうなると次の電話は気のすすまぬ男子で、幸運にもまた不在でこれには言葉も交わさず救われた。あとは考えるのが無駄だった。番号も記憶しておらず公社の台帳で調べる意志もなかった。通りは正午のためであろうか、飲食店を当たる人々が多くなりはじめていた。陽差しはやや強く、頭など皮膚に直接当てられる晴れた日だった。情景はよくとも彼には煮え切らないいやな正午だった。公衆電話は待つ者があったりして連続通話は苦情になるのがわかる。でここでも神経がいらいらした。仕方なくボックスをみつめると、そこはちょうど工場の塀があり角に位置していて、受話器を持つ者一人だった。次に掛けられる番になるのだか、目的があいまいで待つ内に意欲をなくしてしまった。その生徒は久雄を気に入るとは考えにくい。私大受験生で派手なのと、大学生活のみに期待をかけている者なので、呼んで逃げられるよりも先方を害せぬが勝ちと敬遠になったのである。そうなると今の自分を満足させ、相手もそれなりに興味づく者はいない理屈になった。

ボックスを一旦次の人にゆずり、もやつく心でいると百八十度思考を転換しようとした。女の子である。あの子もこの人もと彼女たちを先に評定してしまうので、都合がわるくなる。そのくせ評点を増減するつもりがない。女子大志望者はかなりいるのだが、久雄にはくだらなかった。彼女たちは一層の虚栄と有閑ぶりののぞみに賭けているのである。それを発揮するのに吝かではない。合格したての彼女らに電話でもしようものなら、大学生になっても悩まされるので、ここでも敬遠であった。

結果は池袋で映画館街をうろつき、入館もよして帰宅してしまった。合格の味も小さな器にしまい込んで、まだ大学の何であるかも想像の段階にあった。大学の建物は数回訪ねているが、それも受験前、試験当日なども含まれている。それであるから四年間の学問に勤しむ過程、この大学そのものに無知である。早く学風に馴染みたいがゆえに、喫茶店もゆとりの場とは無縁だった。そうした息抜きの場所はかえって疲れる感じがした。

春の陽よりが幾らか頑な彼を部屋に入りびたりから飽きさせ、合格後ずうっと虚脱感にとらわれていながらも、友情の意識はもっていた。それで近所の置き電話で、またしても例の二人に電話するが留守だった。それで電話帳をめくりかっての軟派女生徒の姓を探した。それらしい住所と番号へ試しにダイヤルを回した。ジージーと連結された音に彼は受話器を遠ざけた。持つ腕がややけいれんした。かすかに聞こえる声でもう一度耳にあてたが、女性なのはわかり姓も同じなのに別宅なのである。心残りだが理由を考えるのはよした。もともとふとした出来心である。部屋に引き返し少し気にはなったので、住所録を本立て隅の学校新聞に挟んであったのから抜いた。探ってみると町名の一字が違っていた。商売までがそっくりなのである。どうしてこうまで、当てずっぽうながら的は射ていたのか反対におどろいた。彼女の住所が頭のどこかに記録されていたとすれば、彼女を他の生徒よりも関心深く気にとめていたことになる。遅まきながらも高校生活の隙間を知らされたのだった。

先の薬局に備えられた場所で彼女を呼ぶと、女の人が応じたので彼女とおもって用件をつげると、「お姉さんに御用なの」だった。「そうです。同級生です」自分を明かした。女性であるせいかすぐにボーイフレンドと勘違いしてくれた。男がだれかは御法度らしかった。その様子でてっきり彼女はすぐに電話を替わると信じた。彼女の性格から話しはできると待ったが「お姉さん外出していたの。御免なさいね。ご連絡あったことは必ずつたえます」だった。

「いえ、いいんです」

久雄の神経は敏感である。やさしく相手の意向をくんで、わびの切り返しであった。

「本当にごめんなさいね」

どこか冷え切った感情を胸にそこを離れた。自分が置く受話器の音がこれも微妙に神経にひびいた。彼女も並みの女性で、一年間久雄の視界に特徴ある模様を描いてくれた映像が、今消えたのを実感して彼女の女らしさを一例として知るのだった。寂しさよりか女が好きになれる自信さえわいた。彼にはお姉さんで今は出戻り娘である、実家に居候している彼女しか女に思えなかったのだ。

電話話しさえ断られた現在、彼女の人物評価は完全にくつがえされた。彼女と仲のよかった軟派たち、音楽その他の選択科目で不快にさせられた女生徒までが、その行動はジェスチャーで彼女たちの儀礼ではなかったか反省するのだった。その者たちに呼び掛ける意欲は完全になくなった。仮に電話がつながり会話になっても「おめでとう。よかったわね。山谷さんは優秀だったから当然ですけど」それでお終いである。彼女には久雄がどんな男だっていいのである。まして大学など語るほうが愚かである。自分の心境とは別者になって、狂いだしているのが残念だった。彼女らの八割くらいは就職する生徒であったので、自分の評価が誤っていても彼に与える心理的効果はそのままだった。

合格の歓びを語る友がいないとなれば、久雄の友は自分の部屋であり図書だった。半年も小説らしい長編は読まず、読もうとしても合格発表、いろんな通知で、小説に耽られずに過ごした。新たに全集も購入していない。机上も本棚でさえ小説は居場所を失っている。低学年で読んだのはほこりこそ拭いてあるが、色あせ匂いさえする。再読するつもりになれない。

大学の門が毎日瞼に映って、勉強の邪魔にもなった一年間が回顧され、椅子にとっぷりはまると気泡の散った飲料水なみに、静かであっても魂がぬけた男であった。街路の騒音、戸の音、母親がとおる縁側のきしみさえ、明確であり澄んだ夜の汽笛よりもはっきり耳に響いた。意欲をうばわれた少年に近かった。受験問題集は雑誌の値打ちもなくなり、目にするのもきらった。成績表も破いて捨てた。模擬テストの受験票までが因縁めいてくる。呪いにかかったか鏡とにらめっこもする。するとあの鋭かった眼光も死んでいた。どうもだるいので肉体を治そうと、飲み慣れた栄養剤を開くが飲みたくなかった。机に額を当て頭と心を空にすると、ラジオでも聞きたくなった。それも流行歌である。受験勉強中良二が暇があればステレオに載せたものである。感度の良いレコードで少しも調子くずれはない品でった。良二が高校入学して興味が変わり、クラッシックは気障っぽいの理由でジャズ、シャンソンまで領域を広げていた。久雄は関与せずだった。それが今になって無造作にその一枚を抜き、ステレオに掛けたけれども癒されるのはむずかしい。「呼んだりするのはナンセンスだった」つぶやいていた。クラスのませたのに電話したのを後悔した。こんな音楽の二の舞になるところだったのである。軽蔑ではない。面白くないのと騒々しさにある。

やはりこの日も部屋に閉じこもった。良二の帰りが遅く夜もひっそりで寝込んだ。寝ぼけながらも「そんなに遅いのはどうしてなの」母が心配して理由を正しているのを耳にしていた。だがうとうとしていてそれからどうなったかは記憶もない。部屋にいたのは久雄が深い眠りについてからだった。友達の家でつい長居してしまったのである。兄の眠りを邪魔するつもりなどない。友達の妹も同席して夢中になったのである。兄が一流大学合格者になったので、兄への遠慮もあった。兄の頑固さは改まっておらず、突如別人になるなど不可能とみなしている。遠田さんを再度招いて、友達と厭な痕跡を留めているのも要因となっている。あの日ばかりは兄が痛恨の、遣り場なしの体であったのは決して忘れない。「お前、女なんて愚かだよ。いや、無知かな。それでもない。弱いんだな、いろんな面で。それなのに良二、いかがわしい喫茶店に誘っただけならまだいいが、遠田さんの腕をとり、髪を撫でもて遊ぼうなんて」あれは怒っていた。兄が沈んでいると必ず思い出すのである。奥に隠しておけないのである。極めて現代風に育った彼も、兄の生活方針を理解はする。兄の年齢相当を凌駕する人格みたいなのは認めている。

この状況下、兄の早い眠りに満たされぬ事情があったものとみなして、畳にうつぶせになった。冷蔵庫で飲み物をあさるのもよした。深閑としている夜中で部屋では兄の呼気がまともに聞こえる。初夏とまがえる暑さがみなぎりかび臭さが鼻についた。ため息をついて外庭に立つ。両親は夜中に外室するはずもないので黙っていた。

　夕闇とともに雨雲が重くたれていて、星のかけらもなくなった。米軍の住宅地が広大に領域を占めている左前方からは物音が寄せて来ない。隣り家屋の塀によっても影響されている。通りもこの界隈では車はすぐに影をひそめてしまうので、外界は寂寞といった感じとなる。その古めかしい夜に憤慨してしまう。突然叫びたくもなって植木の間隙をぬって歩いた。叫びたいのは我慢した。

　十日過ぎた大安吉日であった。それで縁起をかついで婚礼が多くなって、迷惑にもなるらしく母は小言をついた。山谷家にはそれに繋がる祝宴はなかった。兄弟は初めて聞いた母親の苦言に頭をかしげた。錯覚に見舞われて久雄は「すると今日も」車内や近所で紋付き姿の親戚縁者たち、それと花嫁衣装の女性がすぐにうかんだ。

　その日一日彼は家にくすぶっていた。時折お姉さんの家あたりをぶらついた。ひょっとすれば、咄嗟の予感がした。学生達もいなくなり近頃は静まりかえっているのである。別の公園で地面に映る我が影をみつめている時だった。お姉さんが彼女の母とおるのを、ほとんど通過後に知るのである。彼女は一少年が贔屓にしているのを知らないために、裾をのばしたり髪を治す様子もなかった。仮に意識にあったにしても、かなり年下で少年である者に好意を寄せるには、結婚までした女性には微風よりも関心外であったろう。少年に誠の愛があったにしても情景は変わらずである。女の教師が男子生徒を恋人にしてしまう例はあるけれども、久雄自身がそんな愛は持ちあわせず、お姉さんも彼の内心はおろか素振りも気にしないのだから、愛は息の根を封じられたままである。久雄に強い愛情があったにしても、それが形になって相手に伝わる行動の媒体がないのである。両家の親が媒体になって二人が結ばれる養育がなされたにしても、彼は自分が満足する人間になるまでは、決して彼女を実の恋人にしない性格である。その考えで有名校を受験したのとは違うが、彼には自身で満足する人物になりたい一念を、拭いされないのである。それでも彼女を陳列棚の高価品を物色する物腰では見ていなかった。夫人と彼女が学校と文具店にまたがる十字路を折れて、姿がなくなる寸前、水色のアンサンブルを網膜に焼き付けたのだった。夫人はグレーのスーツまでは受け止めたが、あとはどんな首飾りをし髪型だったかは記憶できなかった。ブローチなどのアクセサリーは網膜でとらえたにしろ彼には見ないも同じになる。今日は何かがある憶測のみである。確かなのは彼女が美しかったことだった。どぎつい化粧は影をひそめていた。久雄は婚礼を控えたお嬢様を想像し、それと対比しようとした。そうなると彼女はここに至り並みの女になってしまった。そうなのか、想像はたくましくなった。あれが真のお姉さんである。彼女は元来地味であった。いつのまにか彼女の美貌につられて久雄たち兄弟は、デザイナーになり美容と服飾の先端をゆく、変容する彼女の美しさに魅了されて、彼女はそうした女性そのものとしていたのである、美しい女性がそこにあると。

公園にはいつも子供連れの母親がいる。お姉さんの変容が一般の家庭婦人にある、女の生涯に該当するのであれば、極端には子供と戯れる母親たちを判断すれば足りる。ここでも家庭夫人が子供をスベリ台に載せては、台の末端に急いで幼児がスベリ降りるのを待つのである。すっかり子を持つ母親になりきっている。裾まくりから延びる手にはしみがあり、髪もみだれて胴回りは寸胴である。家庭着の有様は娘時代の苦心は跡形なしである。ブランコに乗る母子など外聞はどこ吹く風になっていた。子供が健やかに育って遊ぶ、これが満腔の歓びになって映る。

大学の自由な空気で生活する門口にあって、彼は女性をより掘り下げたくなる気質に変異していた。もう一人のブランコに乗る若いつやのある母親は、飴をしゃぶっておりその子供はよだれをたらしている。それは久雄たちと母の関係で、その過程を見せつけられるのだった。自分達の母親は慣れつくされて女とも男ともとれる接し方になっている。北練馬公園で母子が遊ぶ様で、女性の脱皮に出会った思いになった。人生絵模様の一部なのである　これまで勉強に追われ大人ごとにしていた自分に、別の世界が押し寄せているのである。彼は生き方に余裕をもっていたのに、大学合格で足止めされたのである。その程度なので己にせまる社会の生々しさは、想像を超えるのである。斬新で社会は夢よりも無限に近くにあったのである。

公園は彼に真の憩いの場ではなかった。長居しないのが望む世界にでもつながる予感で、そこを後にした。小学校も春休みで、校庭には幼児と親が数人遊んでいた。遅咲き梅は子供の頬色に咲いて、ともに明るく歓びを呼んでいた。彼にもそれは別世界だった。その中に溶けいる余地もそうである。

公園でお姉さんと母親を一瞥してから何日くらいだったか、彼女は結婚したのである。兄弟はその日付を知る由もなかった。彼女の家族と山谷家は付き合いもおろそかであり、町内の住人でしかなかった。父親は国家公務員であり、無愛想な人柄にも原因した。それと世間のひがみもあり、それと夫人が元教員らしい立派な方なのも重なっている。久雄には両人ともに尊敬しうる好きな人格者だった。再婚について久雄の母が語り、彼はその経緯が俗っぽく醜いにもかかわらず、驚きはしなかった。風采が創り出すマジックと安易にみなすのは偏見である。彼はお姉さん一家を敬愛していたのだった。

「あの子は甘やかされているのよ。後妻の子だからねえ。インテリとか言うけど、先妻の子が二人もいて皆家に寄りつかないんだから。大学出とか先生も馬鹿げたもんさ。腹違いの子だって一家の長男に変わらないだろうによ」

するとと父も。

「財産だよ。大学出だって金がなければ家とか家族に魅力はないよ。借家暮らしで長男たちに譲る財産もない筈だ。大学卒業と相応の会社が立派なだけだ。偉い人の知恵だろうな。息子たちはやっぱり頭が良く立派なんだ。大したもんよ。偉い親の考えどおり知識人に巣立ったんだ」

兄弟のいる場で話すのだから、聞くに値する問題で親にすれば聞かせたがっているのを、二人の息子は素直に受けた。こうした親の意見はテーブルをかこむ晩に、話しを挟む程度になされるのである。呼びつけたり、態度を改めて諭すなんていうのは、山谷家には極めて不似合いなのである。親子ともに納得しうる方法である。

「じゃ、あの人は無理に結婚したんだ」

良二は不審だった。

「そんな野暮なことはしないのよ、あの人達はね」

母が笑う。

「どうだっていいのよ。内には関係ない」父もそれまでにしたかった。

「親はさびしいのよ。お前達にはわからんだろうがな。親は子供がみな巣立ってしまうのを、引き止めたくなったりするんだよ。わたしらも変わらない。偉い人たちに言うのも何だけどね」

お姉さんの再婚はその家庭で問題があったためではなかった。諸条件に縛られておらず、羨まれる結婚とはかけ離れのありふれたものであった。彼女は急いだふうで、田舎娘の血をからだの奥に潜めていたらしい。久雄は母に彼女の母親を尋ねたかったが、愛情も薄れかけている彼女を、山谷家に縁を戻したくなかったのでよした。婿養子になった大学あがりの生い立ちについても、現在の職業も聞かずじまいだった。次男の友人と母が教えたきりであった。

お姉さんが次第に家庭婦人めいてゆくのを惜しみながらも、久雄は彼女を執念深く額縁に、青春の憧憬のまま飾る訳にはいかない。彼には大学があり入学準備がある。労働者の妻である母には教育ママとは違った誇りもあって、学生服を新調したのは当然母だった。息子しか自慢するもののない母の熱意を彼はよく理解し、入学祝いの写真も撮った。照れくさくて笑ったが、母の感情も味わえた。

入学式まではまだ日数があった。おもだった大学の入試は終わり、退屈な毎日が合格者に天使の羽根でやってきた。久雄は中学から親しい友達を訪ねた。その友人の大学へも行った。自分の大学は案内した。私立と国立で異なるが、友達も有名私立であり、校舎は立派だった。それでも久雄は自分の大学が好きだった。久雄の大学イメージに合致するので不服などはない。友達も大変彼の大学に満足していた。

久雄は別の合格者にも会った。その男とは喫茶店で語りあった。彼には早くも高校生の名残りはかけらもなく話し、理想を述べるのである。しかし久雄には突飛な考えであった。言わんとする意欲はわかる。つまり大学は高校と異なるの主張で、当たり前ながらその実行が浮いているのである。

久雄はひとり入学する大学へ足を運び、クラブの勧誘を受けたが決心はつきかねた。学生証は携帯しているが、実感となるとまだまだだった。先の男みたいに大学を論じたりはむずかしい。

電車に乗っても自分が浮ついており、大学がどうのよりも自分をみつめるのが第一になる。どうも頭がからっぽになっている。合格後高踏的な思考にもなるけれど、それがエスカレートするよりか、卑近な現実があざやかに頭に吸収されるのである。まずお姉さんが自分に潜んだままになっている。車内の情景が思考の対象となってしまう。高校生の段階にある。通俗なものは通俗に若い女性は女として、網膜を素通りするのである。恋するものもない。吊り輪の客、座すひとびとが非常に現実性をもって心を圧迫するのである。お姉さんを探そうとする虫をおさえつつも、再婚後一度見ただけであるのに、印象が強くのこって男と暮らす彼女の姿が、空想の広がりとともに脳裏をめぐるのである。水の流れが定着して沼となっている落ち着き、美しさも濃厚になっていて、デザイナーであった期待される美しさにも増して、魅力の度合いがすごさにもなっている。女の美しさの極みなのである。でも、こう述べたくなるのは悲しい。それは背景が頭にあるせいで、家庭婦人の触感をさそうのである。奥様である。彼女を娘さんと評するわけにはいかないのである。

池袋で乗り換えるまでに彼女への瞑想は止まったが、家に着いてもぼんやりしていた。その日彼女がもう一度山谷家の前を通るのを期待したが、窓辺の風物だけであった。成増駅へ歩く日に限られるのだった。車も使え毎日の主婦業は、山谷家がある道路を通らずに、白子の商店街で買い物はすむのである。そうした生活があるのは知っていても、その主婦をながめて気持ちを慰める久雄ではなかった。顔をそむけたくなったのである。彼女は主婦としてより他に、彼に与える意義、影響はなくなっているのだった。彼女は過去の女、大人の情婦とは異質の、少年が憧れた理想、それもくずれてしまった遺物になったのである。

東上線の電車は普通であっても、慣れで一つか二つ手前で成増がわかった。惰性の怖さを感じた。英単語の暗記をしていたり、数式を呪文みたいにしていたりもまだある。過去を引きずりすぐに脱ぎ捨てられないのである。今は成増までの数分を、強力な暗示をまち受ける時間にして、車中にいるのだった。「刺激などいらない。とにかく、のぼせている僕を鎮静してくれるのでいい。薬はいけない。あれは神経を殺しかねない」そう思っても彼がおごり高ぶっているとは考えなかった。現により優れた大学があり、第一、東京は一回り大きい器と信じている。幾ら恩師その他の人物が狭小になりはてようとも、ものの数ではない。自分をしっかり見定めるもう一人の自分が必要である。まとまりのない考えで、赤塚を過ぎ成増までも、朝玄関を出て校舎までの行動をさかのぼってみたりした。その範囲は距離を超えて無限のひろがりがあった。四人家族内であぐらをかく格好から、教壇で意見を発表する姿勢までの範囲であり、その落差でもあった。成増駅で定期を係員に示すと一歩外に踏みだし、川越街道を横切ると窪んだ道を歩き、あとは巣にこもるのみである。部屋の椅子にとっぷり身を載せて、漫然と歩いていたのがわかる。

入学式は四月十二日に行われた。式典は父兄参加の母にこそピッタリだった。和服に正装した母は久雄にも品格を感じさせた。整列した講堂で学長ほかの挨拶を聞いている、大学をことさら畏敬のまなざしで窺う親の表情が印象深かった。自分がどこの列にいるかを注視する様も想像し、ひとり苦笑した。わびしくもなった。それ以外の呼称は困難である。大学と社会風土の関係である。そこにお姉さんが参列していてもそうである。世の縮図であるのははっきりしている。傍観はしていられるけれども、その持続には努力がひつようである。父兄には入学生と繋がらない社会があって、この雰囲気は馴染まないであろう。

新入生は入学式であっても背広の学生も多く、旧式の詰め襟学生が過去の遺物になりかけているのを久雄は実感しつつも、その裏にある学生理念の否定とはみなさなかった。煙草を吸い大人ぶっている学生が、校門で誰かを探しているのか、それとも待っているのか、ゆっくり往きつ戻りつしているのが脳天に焼き付けられた。浪人組を想定し彼も今はある感慨にひたっているか、高邁な理想郷を描いているのかと見遣り、彼と自分との心理状況を比較したりもした。彼をふくむ浪人組を軽蔑するつもりなどない。違和感である。一般大学の門は頭脳で選抜されるが、これに優る基準もないと言って、ガリ勉を強いる先生がいたのを思い出す。陳腐であり意味なしとしたが、優秀な生徒たちにエリート意識がはびこっているのは真実だった。ここで久雄は参列の父兄を見わたし、講堂の威厳深さもしげく見つめた。だが彼をふるい立たせる意欲はわかなかった。有形のものよりも大学の匂いみたいなもの、大学の構成員すべてが認識して向上させているもの、プライドになっている精神性だった。若い魂をもつ久雄にはわかりかけていた。受験雑誌で何度と目にしている相手にとり付いた認識になる。

式は型どおりであった。常識の閾内である。形式は彼にとって文字どおり単なる行事だった。式典の印象は中高校の入学式が強く心に刻まれている。文句なしの歓喜であった。

終了後母を独りで帰らせ、構内売店で一学年のテキストとはかぎらないが、テキストらしい書籍をめくって満足した、店員は少しいただけなかったが、学内書店と思えば我慢できる。衣類も陳列してあり、大学文字のバッケル、ボタンは特に目立った。背広、ネクタイ、ハンカチと種類は豊富である。予定外で素通りになったけれども、ノートは買った。割引になっているらしくとも、市販に近かった。質がよいのだろう、どっちみち帰りの体裁だったので、丸めて持ち校庭へ出た。その日もクラブの会員集めが行われていた。いろんな工夫をこらした宣伝だった。彼はどれにも魅力はなかった。彼ら先輩には親しみを持てても、式典のイメージとはかなり違ってた。

入学したてはオリエンテーションが多く、教授も挨拶をかねて教壇にあがり。雑談めいたけれども新鮮さをのぞけば気抜けた毎日だった。一週間になってもそうだった。休講もあったりでいつになっても高校との相違に疲れ、心構えが不安定であった。それにあのめまいにも襲われ、気がめいったりした。学友らしい者もできず心の調整に苦労した。それで自ずと思想書みたいな図書を売店で買って読み、講義のほうは軌道にのるまで出席だけにして読んだ。自分の部屋でもそれが続いた。最近は弟よりも早く自由に部屋にいられるので、気ままに耽読できた。受験の読書とは気楽さで相当のひらきがあった。頭の奥へ素直に導けるのである。名前だけ覚えてる本が、とにかく構えずに読めるのがいい。一冊読み終えてまた次ぎのを買っていた。

弟が相変わらず午後の授業を終えて、部屋に顔を出すのは当たり前であるが定刻だった。「ついたあ」と息をはくが、久雄の読書には興味うすだった。読んでいる本を多少知っているのにそうであった。頭にあるのはどうやら高校生活の開放らしい。

兄弟がゆとりをもって語り合えるのは日曜日であった。夜中も余裕はあるのだが、家族内のきまった行動意識にしばられがちで、久雄は話したがらなかった。そんな境地にあって二人は日曜日、縁側で偶然外出するお姉さん夫婦を見送るのである。ここでも久雄はまだこびりつく慣れた惰性、彼女をみたくなる習慣がはたらくのだった。そんな願望が会わせたのでもあろう。兄弟は暗黙の合図をしあった。

「兄さん、大学生になってもあの人は好きですか」

とても低い声だった。良二は椅子を抜け出していた。

「ただ尊敬しているだけさ」

「そうだろうね。ぼくもそうさ」

互いに偽りで満足しようとした。そして無言だった。すぐに仲のいい兄弟は胸詰まりに耐えかねた。

「ふけたみたいだねあの人」良二はもうお姉さんとは呼ばないのである。弟には遠田さんみたいな若くて身近、より現実な相手が合っているのは充分承知で、久雄はもっとそれを理解している。それだからわかっていることには返事を避けるのである。久雄は微笑せざるをえなかった。弟が胸の内を吐き出したくなっているのがわかるのである。

「それだけか」

「馬鹿みたいさ」

「お前、お姉さんがそんなふうに」

良二は腕を組み、下部が擦りガラスで上の桟が透明なガラスになっている窓に、額を最接近させて若夫婦の様子を伺った。対照的に久雄は離れて一瞥したのみだった。弟の行動が恥ずかしく自尊心がそうした。兄である面子もあった。それに良二の姿勢はひやかしにもとれる。久雄は彼女に対し今もまじめである。

「兄さん、僕は遠田さんのくれた手紙は現在、一通だってもってはいない。女ってあてにならないからなあ」椅子にすわり直し鼻先をさすった。

「そうでもないさ。遠田さんを親切ていねいに扱うんだね。無駄ではないよ。僕らから遠ざかるのがわかるのだろう。どうしてだと思う?」

良二は聞きながした。久雄と理屈っぽくなるのが厭なのである。

「遠田さんが女であるからだよ。簡単だけど実感して自分を振り返ってみるんだよ。そんなことが自分自身を成長と言ったりすると、人生訓みたいだけど、自分を知ることになるんだよ」

ちょっと学生ぶってみた。こっ恥かしくもなった。

「今読んでいるんだ。わかったようでわからん意味がたくさんある」

「あの人みたいな人物があらわれる？」

弟はまだ高校生である。具体性、現物思考の過程であった。久雄は思想類の書物がおもしろいのを、本の目次も示して読書欲を起こそうとした。クラッシックも飽き足らなくなっている少年に、考える読書を促すのは時期尚早なのである。久雄の能力ではとても無理である。弟は流行の長髪さえ、そのよし悪しを考慮せずに好んでいる。高校生の恋愛もそうなる。弟の行動は久雄からも両親によっても、自由で開放されている。そのために迷いもあった。久雄は自分との血筋に関係する同一性はみとめている。それにしてもお姉さんの評価は相当幼稚に思えた。

良二はお姉さんについて述べようとせず、部屋でうつ伏せになって無口になった。彼女を大声で噂したりするのは御法度のままになっている。良二は忠実にまもっている。唇を真一文字にして放心の構えになった。旧式の帯がある障子のガラス部分から、久雄には弟の様子がつぶさにわかった。弟はお姉さんを天秤にかけたくないのである。意欲をうしなっている。弟も久雄も彼女が買い物と使い走りするのを何度かみている。弟は「会ったよ」と告げあとは黙るのが常だった。久雄も散歩して二度ばかり出会い、エプロンをしたままの彼女とすれ違って、母みたいになるのをおしんだ。予測はされるのである。我が子の面倒を生き甲斐にするなんて。久雄には母の生き方、父に隷属の形を幸福とする女、彼には狭い我が家の実状しか連想されなかった。彼女の家庭まで考えたくないけれど、彼女の現実にふれると女性の真実を見、本姓の遡源に及びたくなるのであった。彼女は好意を抱く人、彼自身の中で変化している。憧憬する人に女性の真実を提示してくれる存在になっている。彼女はごく平凡な人であるとともに、彼女のほうで久雄を隔離する主体になっている。彼女は兄弟が日頃関心をもち親族に値するあつかいをしているのを、知る由もないのである。なぜならそうした接触がない。幼少より兄弟を養育する触媒の働きになって、情がわきエロスにまで発展しつつ偶像になる。一転そこから受験勉強で神経が膠着して、彼女の基盤は荒廃した大地になって脳裏に展開される。あわれみを持つものの、そこには過去とのつながりがある。良二はどうでもよいのか意見を述べていない。前日の寝不足でもあるらしく、あくびをし背を伸ばした。

入学してから久雄は授業を終えて帰ると、良二が集めたクラッシック盤でしばしば愉しんだそれは、良二が中学生で聞いた感覚とは目的や年齢においても、かなり異なっているのである。青年とも呼べる久雄の耳に響く楽曲は、スムーズに神経を癒してくれた。高遠なハーモニーなのである。では通常の青年になっているのか。やや疑わしい。受験疲れはまだくすぶっているのである。神経の緩みを制御されていて、周りの現象が妙に別ものになって、掴みどころのない世界につき当たるのだった。音楽にうつつを抜かすには心にさし障りがある。ステレオを聞いていると反対に読書欲にかられた。彷徨しながら季節の香りに乗じて瞑そうする、浮いた日々ではなかった。着実に現実世界に包まれる感覚である。それに反応しようとしているのである。そうでありながら、感知しある程度抵抗もしている。今後彼がつぶさに見ている現象を、違った自分で観察したくはなかった。部屋に充満している楽曲への感性を、阻害された自分でありたくはないのである。

この生活下、お姉さんの夫が会社勤務で成増駅に向かうのを、窓辺でしばしば目にすることとなる。普通の通行人だったが良二に教えられるのである。定刻に発つらしいのと風采からして、並みのサラリーマンであるのはわかっていた。夫によってお姉さんを判断しても、彼女は世間や母のことばでも身を固めたかたちであり、久雄にすれば理想像が沈着してしまい、遺物になりかけていて同情を誘うのである。

彼女の家は久雄にとって趣を異にする住まいとなった。そこにある女が住んでいる、ただそれだけのことになっている。彼女の兄さん達が時々学友を連れてきて、知的な空気を醸して久雄の心をつかんだ、あの精神の繋がりはなくなっている。借家の外観もさびれた一軒家にすぎない。

婿を迎えても増改築は為されずさびれたままになっている。建物がその環境を増長しているのである。

彼はある日良二を喫茶店に連れていった。お姉さんの家庭生活などについて、最近どんなイメージを持っているか吐かせるためだった。

「僕は変わったとは思わないよ。あの人が奥さんらしくなって目立つくらいさ」

平然と述べた。住まいの様子では質問がおかしいと笑った。弟にはあの含み笑いはなくなった。

久雄は自分の大学に友達ができないと、他の大学に通う友人に会いたくなった。その学生はすぐにバーへ誘った。新宿に知っている店があると、バーとは特定しないで連れていったのだった。四時限の講義が終了してすぐ落ち合ったのだが、バーテンに注文したのは七時になっていた。

「席を取ってやるからな」

バーテンはわざわざカウンターに来て友人の背中をこづいた。

「そうだ。すまんな」彼は相手の裾を引いていた。

「いいんだよ」

久雄はバーが初めてで面食らった。時間のせいだろうスタンドは一人、テーブルは全部空いていた。

「その隅がいい」友人は指差した。

バーテンが席を整えると友人は久雄に、店員は男だけの店であるとかたり、久雄には誂え向きではなどとも言った。久雄には比較する店などないので相手の意見にまかせた。

「ジンフィーズとストレートをくれないか」

彼の言動は実になめらかだった。久雄は不快ならずとも心地よさには至らなかった。酒場が不潔かどうかは思慮の外においた。

ボーイがこれも手際よくテーブルに用意したのは、友人に世辞のひとつも必要と考える間の振る舞いだった。

「飲みなよ。俺だって半月にもならないよ、本当に飲むのはな」

久雄は彼が酒に親しむより先に、開放された我が身をもてあましていると見た。高校では優秀な生徒の部類だった。酒に負ける男ではない。彼は盛んにジンフィーズを久雄に勧め自らもよく飲んだ。

「どう?」

「甘いみたいだ」

この返事に安心したかストレートも久雄にすすめた。バーテンダーは客を構うのは止めて、ボトルを点検したりして夜が深まるのを待つ様子だった。あらゆる背景事情を度外視するならば、その店員は久雄にとって毒気を去り好感がもてた。

「山谷はまじめだからなあ。家で飲んだりするのかな」

「いや、お祝いでもある時くらいかな。それもシャンペングらいを。こんなのは初めてさ」

客はなかなか増えず、最初に注文したのを開けても三人きりだった。

それはともかく、久雄はガールフレンド、恋人観を聞きたくなり、なるべく相手にしゃべらせようと試みた。ところが素振りに似合わず堅い男で、久雄が女を話しの種に酒を飲む男でないなどと、反対に久雄を持ち上げようとするのである。良二が起こした軽はずみを語ると、「やはり山谷だよ」で弟に警告したのを誉められ、互いに女を肴に酒を飲めない二人と悟ったのだった。

久雄は網を掛けっぱなしに終わったのだった。「現在しみの匂いもしそうな女性で、屁にみえる故に自分の心をゆるがすとすれば、その男はどう対処すべきか」話しをもちかける、打ち解けた心境までにはなれなかった。仮に女性観がとりあげられても、学友会のワンダーフォーゲル部には女性もおり、彼らはもてるなど言っている彼はあっさりしており、女の関係は論外といいたげだった。傍観者、第三者ふうに語りたがる男だった。女性関係を疎かにする男とまではしないものの、二盃、三盃と酒に溶けてしまいかねない男に、愛情がしぼんでいるお姉さんを、それも酒場で酔っている男にさらけるつもりはなくなった。「成田空港はどうなったと思う。過激な学生がすぐとなりにいる、学校生活はどう思う」ぐだをまいたりするので、もう彼女について語る余地は無くなったとあきらめた。一般論と現実のギャップみたいなのを理解する機会に出会ったのである。その感が強かった。彼女との視点がくい違っている。久雄自身に肉迫する現実と、青い鳥がとぶ無限な理想、わずかな灯りをもとめる生き甲斐とはかけ離れている。

場内はしだいに客が席をうめ、久雄には雑踏にいる錯覚にみまわれて、自分がとても小さくもう一人の自分でも観察できなくなった。こうした場の最初にして末期症状になったのである。疲れもでていた。

「体よくなってるのか」

「病弱だからね」

口もだるくなっていた。相手のは酔いである。久雄も酔ってはいたが少量のためアルコールでは正常のつもりだった。店員も一人増え女もサービスに加わっていたのである。友人は今になってその説明も加えた。「いいだろう。そうしたところさ」

諭されつつバーはよして外にいた。

「二時間もよくねばったなあ。喫茶店とまちがえたと思ったろう」ドアの軋みがまだ聞こえていた。友人が泥酔していると思ったのははずれた。よろめかず歩行は平常である。酔うと舌がもつれる通常のアルコール影響にとどまっているのであった。喉はつくのだろう、ハンカチを出して不様な咳はした。ぜんそく持ちかと友の行為に不審がった。風刺いたずらではなさそうだ。久雄自身のことは虚弱体質なのはわかっているため、酔いまでいかなかった。アルコールの匂いも友人によるとした。

そんな具合で盛り場にたむろする若者に、言いがかりなど問題になる心配もなかった。大学になるけれども申し訳みたいなクラスであるが、久雄にも学内の仲間が定まろうとしていた。新宿で明かさなかった、お姉さんへの思いを聞かせる場が提供されるのである。いかめしい顔の学友がビリアードに誘った帰りだった。「山谷君は練馬だったね」と改めて都会の者同志の、相照らす見えない糸でもあるのかクラッシック専門の喫茶店で休もうと言うのである。彼が行きなれている青山の木造建物で外装も成増にもある様式の茶店だった。土地柄、久雄はさぞ派手の予想をしながら、その学生も裏切るものとあっさり同意したのだった。しかし緊張もした。

外に似合わず内部はゆきとどいており、ステンドグラスの窓もうつくしかった。ちょっと古めかしくもあるが天井の壁と照明から、フロアーの椅子にいたる雰囲気が、クラッシック調なのである。耳に自然と馴染むボリュームの音楽は、一瞬にして彼を芸術の世界へ導いた。日頃聞いているステレオで、芸術に彼なりの解釈が形勢されつつあったので、水を得た感情に満たされた。

その学生はコーヒーを二つとると「気に入ったら時々来ないか。僕はよく来るんですよ」紹介するのが自慢なのだろう、浪人時代に成績が思わしくなく独りで頭を休めたと、久雄にはどうでもよい過去をふりかえった。

「長く店内にいましたか、そのころは」久雄はお姉さんについて口を割りたいのである。

「なぜ?」

「……」教室で意が合ったくらいで、情実をさらけるのはどうか思案した。

だがその内学生はあっさりしてきた。

「まあ、聞こう。僕はとくに連れてきた目的はないですよ。山谷君にも愉しんでもらえると思ったくらいかな」

音楽を傾聴するその学生は、背広はいつも着ているものらしいが、堅実な男と久雄は安心していられた。日中のため憩いをもとめている者は大部分学生らしい。きざな風情である。学生とわかる者たちには救いがあると思った。友人は来客の者たちとは馴染みでないらしく、その者たちに合わせて聞いた。しゃべろうとしないので久雄も静粛に努めた。店内中骨までゆさぶられる音量に、席につくまでに感動した音楽とは別ものではないか疑った。曲の高音部にしてもすごい。同僚も「ボリュームを少し落とすべきだよ」と口ごもった。久雄もすかさず素人の自分にもそうと同意した。

幸いにその曲が中断したので、気が早くもお姉さんの件に仕向けようとした。有りのままであったため同僚の友は「僕も弱いねえ、女性は」で打ち解けた内容に儀礼の返事はしてくれた。親密さへの足がかりではあった。腕をくんだりしてよりくつろいでくれた。手首に光るものもこの同僚にふさわしかった。この情景は友人そのものかもしれない。母の言葉にすればあか抜けしており、いわゆるスマートなのだった。しかしひ弱とは違う。肩幅も広く運動でもやっていたかの上背に、声がしわがれている。だが一言だってそれらしい言葉が聞かれない。趣味も運動関係は縁がなさそうだった。組みやすいと同行したのだったが、彼は激戦の突破者できびしい性格と、頭脳の切れがすばらしく、彼によって我が大学の優秀さを再認させられた。クラッシック喫茶店も条件がわるく、異性問題を語ったりするには不向きだった。ここでも予想や期待は現実と背離するのを知らされた。

半日を同僚と過ごすと、彼女についてどうでもよくなった。その友と接近してみて、一女性が結婚して平凡な女性になるなど、その学生には喫茶店をでた感覚にさえ劣る、平常の生活リズムなのである。その彼は久雄を伴っているのさえ、息をしているのと同様だろう。久雄はそれが普通の姿と自分の現在を肯定せねばならなかった。

二、三日その学生と自分の行動を比較しつつ、講義にも出席していると、毎日が充実した錯覚におちいった。大学にいてもちょうどめまいから醒めた瞬間、視界が再びあらわれる境地で、表現しがたい異郷の到来現象に似るのだった。考えの転換にもなる。そこで浪人した、友になりつつあるあの学生に図書館で雑誌をめくりながら、お姉さんについて概略聞かせた。参考書、新聞を備えるコーナーなので、同僚はある雑誌の目次をあさっていて、読まずじまいのため久雄の説明は素直に受け入れた。雑誌をまるめ「山谷君、悪いがそれは真実と思わんで、肉づけが必要ではないか。簡単な方法は自分がどう考えるかの位置づけだよ」彼は雑誌を戻しにはなれ、煙草を吸いなおした。足高な灰皿に残りをなすりつけてから脇についた。「現在はねえ、そんな誰の恋ともわからない恋慕は、恋いとか愛情の内には入らないんだよ。山谷君が事実愛していないじゃないか。相手がどんな美しい女性だろうと、好きだろうと夢想しているのでは片恋いにもならない。それは本人がわかる筈さ」

彼は恋をした経験があると実際の女をあげた。冗談とも思えず久雄はうれしくなった。からかってるにしては真剣な眼差しであった。

「そのとおりですよ。ある人にカメラを当て続けただけですからね。僕は、そんな人をあんたならどう思うか、一般の人ならどうかなど、平凡な女性との、何か閉ざされた自分を解明してくれる、言い知れぬ感情、これについて聞きたかったんですよ。こういう僕の説明が不足かしれないけれどね。やりきれない感情を説明してほしかった」

「気持ちはわかるが、どうにもならない心理と解釈すればいいよ」

彼はしばし沈黙しても誠意は感じられた。どうかしなけばのポーズで、煙草をポケットからまた出して吸った。彼女をいつまでも愛人みたいに惜しみはせずとも、その影を追って暮らすのはたとえ純粋の愛だろうが、ゆがみそのものと意見した。別の一冊も選んで目次をあさりそわそわした。

「シェークスピアを読んでるかなあ」出し抜けにだった。

「ほんの少し」

「じゃあ、悲劇の真髄、ちょっ鼻にかけるなあ」にっこりし「自分が悩んでいるまでではなくとも、有りのままな人間を考察して、それらしいもの、真実であってそれを超越する何かをつかみたいんだろう」

「僕が述べた人はそれとは無縁ですよ。もっと血がかよっている関係になる。舞台で展開される人生観ともね。幸福か否か、夫以外の者がながめるとポーズをとる、そうした女性として傍観しているんではないんです。つまり僕がその人を一学生として、日頃頭に浮かぶままを述べて、もっとも適格な解決策を授かりたいんです。そうだねえ、僕の頭にあるその人への想いを、もやもやしたものが無くすべきなのか、無くなるのかなんですよ」

「どうも互いにわかっていながら、マイペースになろうとするのがいけないようだ。わかってるんだ」

　同僚は高校時代演劇部に属し、大学受験でもそうとした文芸愛好家だった、実践家であるのを自己紹介した。出身校と氏名は知り、その学生を掌握しつつあった久雄には衝撃だった。

「小説が好きなら僕の主張も理解しているのだから、いいねえ。日本のならば漱石の三四郎、伊藤整の青春あたりを読むと、自分は違うと否定しながらも、そんな境地にあるのは次第にわかってくる。僕らは愛情に飢えながらも、それを美化しようとする年代らしい。思春期の興味中心主義はその経過を温存しており、今にもふり返られるんだが、ただし反省がともない制御してしまう。そう、ばからしいって表現になるかねえ」

次にはゲーテの『若きウェルテルの悩み』が教科書ふう価値があるなどとも説いた。有名なのに久雄は読んでなかった。

「僕には当てはまらないでしょう」

「御名答だよ。そのような感情がこじれた事態と見るにはね。山谷君はずうっと冷静で純粋、日本的かもしれない。しかし僕は軽蔑したりしていない。シェークスピアにもツヴァイクにもない人間像だね。敢えて僕の狭い知識からすればイプセンの人間像だろうか。

「イプセンはあまりに有名で、人間開放の戯曲家とか聞くけれど」

「主義思想を抜きにして、とにかくそんな類似点があるようだ。僕が大学の演劇部に所属するなら、早速勧誘するよ。しばらしい洞察力をそなえているしね」

高校の演劇部で指導していた教員作家を紹介したがり、盛んにその作家を好く理由を説いた。文章を創る趣味があるなら住所を控えるよう助言した。

「受験もそうした目的とは繋がっていないし、文芸に興味がわいたら訪ねますよ。小説は入試傾向に合ったのをあさった程度で、感想も述べられない。文章を書くのはもっと不得意さ」

「でも、それだけ人間を追求しようとするのは、大変な個性がある証拠だよ。その元デザイナーとやらの情熱を聞いて、これは作家になれる、どうも平凡で聞き慣れた文句だけど、文学的才能があるんだねえ」独り恥じ入るまねをして、久雄をうまく表現しづらそうである。学生は四、五人いたきりで、彼との打ち解けたやりとりに傾聴する者などいない。その点もっと論じあえたが、よほどビリアードが好きなのか心理学講義がおわると、生物学はボイコットする意志を示した。すっかり大学生活になれ親しんでいる。

技量はかなりいいらしく、ビリアードが二回きりの経験である久雄に比べ、彼はそれなりの腕前であった。球が球に引き付けられるあざやかな有様、その反射角の計算に芸術の冴えもみられて、その巧みさに舌をまいた。台は三つあってそこの者たちも競っているけれども、いかにも素人ぽかった。ほとんど素人の筈であって、そこに頭脳のひらめきまでも異なる者がいると、場内で同僚中心に考えたくなった。

「どうしてそのようにボールが動くんですか」

彼は熱中すると背後をかえりみない性質なのがわかった。狙った球の配置に全神経を集中するのである。久雄はどうして文科系に志望したのか首をかしげた。数学が得意だったとけれんみなく答えるのである。

久雄はその同僚が真剣になっているのに満足であったし、彼女についてもぶちまけたので腹腔が浄化されたすがすがしさだった。ビリアード場を特定していないらしく、今回は原宿で静かな住宅地とマンションの美しい壁がたち並ぶ地帯だった。高層マンションよりも建築技術がはっきりしていて、とても感じよかった。それらのアンバランスなつり合いが、ビリアードよりも精神を安定させてくれた。都会に育ちエキゾチックな趣に魅せられるのを、我が身ながら不思議だった。理由は不明である。他方の人たちが都会、異国に強くあこがれる野望とは、少なくも異種になる。自分の足元から制止される力には抗せねばならず、いつも意欲をかりたてているものの、それが進取の衝動ではないと納得しているのである。

同僚に弟を説得したりしたいくぶん飾った内実も、扉を開いた古い書庫みたいで、かびくさく使用されなくなった古物そっくりで、風を通し陽に当ててもどう仕様もないものだった。次々遺物となる自分を考察してみて、久雄はいつしか誰にも真に受け入れられなくなるのを憂えた。どうにもならない相手に直面しているのである。

久雄はこうしていて高校時代、単にクラスメートだった者に同窓会で会い、彼が属する大学クラブの討論会によばれるのだった。おもしろ半分で出席すると論題も陳腐で、社交討論そのものである。興ざめはおろか、冷や汗をかいたのは、その学生が女子学生数人と新宿まで同行したことだった。勝手に友情のゆく末をのぞかせる文句をのこして帰ったのである。それからがもっと問題で、その中の女子大生があたかも友人になったごとくに、手紙を送ってきたのには肝をひやした。

久雄が大学生になり弟も二年遅れで大学生になるのは、山谷家の生活設計にきちんと組まれていて、両親はペンフレンドの中学生仲間が便りをくれた頃と変わりなく扱った。

当人は大学生になっても異性に悩まされるのは御免だった。文字をたどると書きながしであるのがわかりほっとした。その女性の愛嬌と読める。彼女が女子大生とは想定するが、先輩ぶったとは考えられる。文面から到底接近する者はいないだろうと判断した。かってお姉さんが彼をとらえていた淡白な思慕にさえ繋がりようがない。ましてお姉さんへの思慕との溝をうめる、架け橋となるなどは。深みのある現実の姿を平凡な人を媒体にして探求するにいたっては、その女子大生らしき女性も同僚の二の舞になるのが落ちである。未解決のままになる。そうなるとまだしも当てにしてみる相手はあの同僚にいたる。ビリアード好きの学生である。

「文章などわからないよ。僕ら演劇を愛する者は、言葉、文章は感情の表現ではあるけれど、即人間にはならない。その女子大生に憤ってみてもナンセンスだね。笑いの仮面が窺える相手には笑ってあげるのがいい。それがストレスから逃れる道かな」

休憩時間に廊下で手紙を読み、あきれ顔でまいったと言いたげに煙草を吸った。

「でその女かい」久雄に宗教性の本でも読む助言に「安定剤になるよ。僕らが演劇にうち込むのも刹那であって、山谷君が抱いている不明確なデーモンから逃れる工夫かもしれない」だった。

久雄の問いにはそれまでであった。口をつぐんでしまった。同僚には自明の理らしいのである。久雄はその学生と離れる日も近いのを予測した。そして日毎一様な学友になるのも想像した。

山谷久雄にはこの春が一番忌まわしい季節ではないのか、それゆえ努めてあるままに距離をおいて観察する構えをとった。無抵抗、こんな言葉も使いたくなっていた。既成の風習にそうした行動を試みた。弟には大学の門は広くバラ色なりをとなえ、ほどほどの勉学を勧める態度をした。両親にはお姉さんの話しを進んでもちかけ、世間一般で交わされる近所付き合い、それも家事全般までの、彼にすれば退屈なおしゃべりをした。両親は息子たちが日頃の苦労が報いられたと早合点して、余計に紅茶を飲ませてくれたりした。

「お前達が大人になって、本当に幸せだよ」そう語る母は、いつもと違う母親と久雄は察した。年齢よりも若いはにかみさえある。久雄は息をしずめてしまった。

「どうしたい久雄」それで言葉を切った。

母が生活の張りを忘れて一女性、……婦人になり変わったにしても、息子には心の安らぎとも喜びとも受けとれず複雑だった。あいまいな感情がわくのみであった。

大学はいろんな束縛から開放されている感覚、これが最大の歓びで講義は適度の刺激となった。この平衡が保たれるかぎり大学は彼を吸引しつづける。登校時間も自ら工夫ができ、ちょっとした一人前になった気分になりおかしかったが、反面孤独にもなった。この状況が何かへ発憤させる意欲は感ずるのだが、進路を確定し世情に乗って安泰の道をすすむなどは、心のすきまさえ閉ざしていた。大学生活全体に及んでいるのである。

「山谷、文芸部に入らないか」

久雄を思索好きのロマンチストとにらんだ同クラスの学生が、創作欲で救おうともしたが乗れなかった。とにかくもっと冷静な自己追求を望んだ。

お姉さんであるが、都会のわずかな路地にもツツジが薄紅色にその存在を示す五月中旬、亡くなるのである。久雄は薄幸の女性と哀悼の情は禁じえなかった。それとくすぶり続ける人間の業みたいな膠着性行への嫌悪感解決の糸口にもならなかった。急性盲腸炎で死亡したのであるが、死亡までの期間は二日ほどであったため、山谷家では後日報告があっただけだった。ましてや久雄たち兄弟が知る由もないわけで、昨今の彼はその死がなんの意味解決にもならない今、純粋の愛がなみ打っていて病床に見舞ったと仮定しても、どのように精神の荷が降りたろうか。多分いつわりの涙を流す後味のわるい経験をするまでであったろう。

講義は二時限で終って、疲れた様子で帰宅していた。母は「若い娘さんが亡くなるのはかわいそうだねえ」呟いているので死亡を確認したのだった。一女性がこの世から去ったと表現すれば大げさであり、末路と記すなら世を騒がせた女になる。悲しみの内に目を閉じたの叙述になればポエムの世界である。いずれかに似てはくるのであっても、彼女の実相ではない。

母からの、それも町内の住人による口述の、その又聞きで判断すると久雄はこう連想したくなった。彼女の死体は藻草が腐乱したかたちで、いつのまにか新しい藻と入れ替わるのを、人々がながめている情景と。この想いは彼女のためではなく我が身にやるせなかった。彼女は久雄に己を覚醒させておく存在だった。彼女の死もそれである。この死は華やかさとかけ離れ、ある者を悲嘆に追い込む要素を省いている。彼女のデザイナーとしてのあの美しさも、ひょっとすると久雄たち兄弟の幻覚症状であったかもしれないのである。久雄は他の人々がどう彼女を受け止めていたかは、彼の思慮外であって安心していられた。過去からずうっとそうである。

彼女の死はいずれ彼女の生涯では区切りは意味をなさない。久雄はそうおもった。敬愛した人の死は痛ましいけれども、久雄にも彼女にもノン・エポックメーキングの解答を得た。

窓辺

2014年10月20日発行　　　初版発行

著者　秋野　一之
発行者　水野　浩志
発行所　創英社／三省堂書店
〒101-0051　東京都千代田区神田神保町1-1
Tel：03-3291-2295　Fax：03-3292-7687
印刷／製本
株式会社新後閑

ISBN978-4-88142-878-8 C0095